KB114716

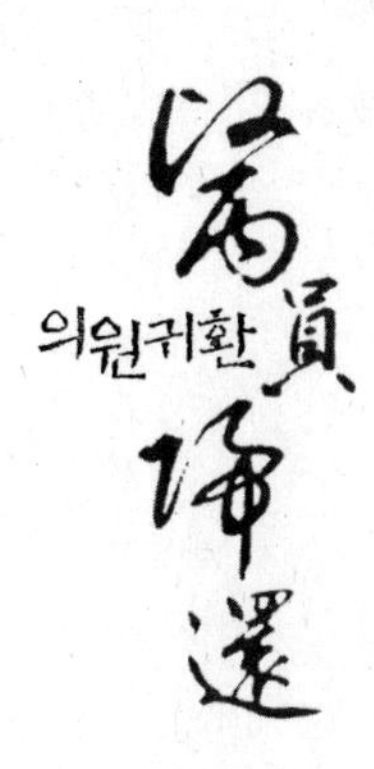

FANTASTIC ORIENTAL HEROES

성상영 新무협 판타지 소설

의원귀환 9

성상영 新무협 판타지 소설

초판 1쇄 찍은 날 § 2015년 9월 11일
초판 1쇄 펴낸 날 § 2015년 9월 18일

지은이 § 성상영
펴낸이 § 서경석

편집책임 § 이창진

펴낸곳 § 도서출판 청어람
등록번호 § 제387-1999-000006호
등록일자 § 1999. 5. 31
어람번호 § 제2-2602호

주소 § 경기도 부천시 원미구 부일로 483번길 40 서경B/D 3F (우) 420-822
전화 § 032-656-4452 팩스 § 032-656-4453
http://www.chungeoram.com
E-mail § chungeorambook@daum.net

ISBN 979-11-04-90404-2 04810
ISBN 979-11-5681-904-2 (세트)

醫員歸還

의원귀환

9

성상영 新무협 판타지 소설

FANTASTIC ORIENTAL HEROES

도서출판 청어람

目次

第一章

금마장주

돈은 세계의 혈맥을 타고 흐르는 피와 같다.

즉 생명이라는 의미이다.

경제학자

장호는 금마장주가 출현했음에도 딱히 그를 만나려 노력하지 않았다.

아니, 애초에 그와 만날 생각조차 하지 않았다.

이유는 별게 아니다.

산서성은 이미 궁극의 내수 시장을 달성한 상황으로 다른 지역에 의존해야 하는 자원은 단지 소금 하나뿐이었다.

그리고 소금은 애초에 국가에서 관리하는 것이기 때문에 그걸 통제할 수 있는 상단은 없었다.

금마장이 정계에 뇌물을 뿌려 통제하려고 시도할 수는

있긴 하지만, 그것은 전혀 효율적이지 않았다.

금마장이 중원 경제의 이 할을 쥐고 있다지만, 소금 장사를 하는 이들도 보통 존재들이 아니었기 때문이다.

물론 금마장과 소금 장수인 염상들이 싸우면 금마장이 이긴다.

하지만 그사이에 입는 피해가 무척 클 것은 불문가지.

그 피해를 회복하려면 적어도 수년은 걸릴 것이고, 정국이 어수선하고 이자성이 반란을 일으킨 지금 그런 일을 하는 것은 득보다 실이 더 많았다.

때문에 장호는 금마장에 아쉬울 게 없었다.

그리고 그건 금마장도 마찬가지였다.

그들도 의선문에 아쉬울 게 없었다.

아니, 금마장은 누구에게도 아쉬운 소리를 하지 않았다.

그들은 갑이니까.

그것도 우월한 갑이다.

돈의 힘이란 그만큼 무서운 것이었다.

물론 그러한 재력은 의선문도 가지고 있었다.

의선문의 세력 역시 사실 돈으로 이루어진 것이 아닌가?

물론 돈을 버는 방식에는 차이가 있다.

의선문은 의술로, 금마장은 철저한 상행으로.

여하튼 금마장이 출현했지만 장호는 그냥 유유자적하게

지냈다.

그는 어차피 무림맹과 크게 연수할 생각이 없는 몸.

앞으로의 싸움을 대비한 끈을 두고자 이곳에 있을 뿐 크게 의미를 두고 있는 것은 아니었기 때문이다.

그러나 일은 예기치 못한 곳에서 벌어졌다.

금마장주가 장호가 기거하고 있는 전각을 찾아온 것이다.

* * *

"금마장주께서 오셨다고?"

"그렇습니다."

장호의 잘생긴 눈썹이 살포시 찡그려졌다.

그의 앞에는 사십 대의 장한이 서 있었는데 금마장의 무복을 입은 자다.

가슴에 금마(金魔)라고 수가 놓인 황금색의 무복.

그것도 평범한 천이 아닌 고급 비단으로 만든 무복이었으니 이는 무인에게 맞지 않는 옷이라고 할 만했다.

저 옷 한 벌에 들어가는 금자만 해도 무려 20냥이 넘을 터.

이는 평범한 장검 한 자루가 금자 한 냥인 것을 생각하면 무려 스무 배나 비싼 가격이 아닌가?
당연한 일이겠지만 이 무복만큼 그가 차고 있는 검도 보통 비싼 검이 아니었다.
장호는 강호의 경험이 많고 견문도 뛰어나 그의 검이 백련정강으로 만든 명검임을 알아보았다.
애초에 의원은 침을 다루기에 금속에 대해서는 어느 정도 아는 것이 당연하다.
그런 장호가 명검을 못 알아보겠는가?
저 명검의 가격만 해도 금자로 100냥은 족히 될 물건이라는 것을 장호는 잘 알 수 있었다.
그야말로 돈지랄 그 자체!
하지만 그것은 이 무인의 힘에 비하면 아무것도 아니었다.
초절정의 무인!
그런 자가 전령으로 온 것이다.
물론 장호에게 초절정의 무인은 그리 큰 위협이 되지 않지만, 초절정의 무인은 강호에서도 그 수가 그렇게 많지 않았다.
하나의 작은 단체를 이끄는 장이 되기에 부족하지 않았다.
대문파에서도 장로급은 되는 이.

그런 이를 전령으로 쓴다?

"사전 약속도 없이 오시다니… 조금 의외구려."

"의선문주께서 혹여 다른 시간에 만나기를 원하신다면 장주님께 말씀을 전해 드리겠습니다."

"아니오. 그럴 필요야 없지. 딱히 할 일이 있던 것은 아니니 금마장주님을 만나도록 하겠소."

척.

상대는 포권을 해 보였다.

"의선문주님의 후의에 감사드립니다."

그리고 그는 물러갔다.

장호는 그의 뒷모습을 물끄러미 바라보다가 주변의 일행을 보고 말했다.

"일단 모두 나가 있어봐."

"독대이신가요?"

"그래야겠지."

"알겠습니다."

일행은 모두 읍을 하고 방을 나갔다.

홀로 방에 남은 장호는 잠시 금마장주에 대해서 생각했다.

금마장주 금마청!

그에 대해서는 전생에서도 아는 바가 많지 않았다.

돈이 많다. 그리고 무림맹에 협조적이다.

단지 그뿐.

그러고 보면 이상한 일이 아닌가?

이자성의 반란, 누루하치의 침공, 그리고 황밀교의 난.

이러한 굵직한 사건을 그가 모를 리가 없다.

실제로 그는 분쟁이 일어난 곳에서 빠르게 상권을 회수하고 시세 차익으로 돈을 많이 벌었다.

그는 누구인가?

그는 무슨 생각으로 움직이는가?

장호로서는 수수께끼가 아닐 수 없었다.

하지만 그런 수수께끼를 본인이 풀어보고 싶은 생각은 손톱만큼도 없었다.

제갈화린의 말 때문에 그렇지 않아도 머릿속이 몹시도 복잡했기 때문이다.

그런데 금마장주가 자기 발로 찾아올 줄이야!

이건 대체 무슨 경우인가?

"만나보면 알게 되겠지."

장호는 홀로 중얼거렸다.

그리고 문이 열렸다.

강하군.

첫인상은 그랬다.

우선 키가 컸다.

칠 척은 확실히 넘고 팔 척은 안 되는 키.

이 정도면 보통 사람보다 머리 두 개는 더 큰 어마어마한 장신인 셈이다.

장호의 키가 육 척이니 당연하다면 당연한 셈.

몸은 제법 날렵해 보였고 근육으로 똘똘 뭉쳐 있었다.

값비싼 비단으로 몸을 가리고 있지만, 신의라고 불리는 장호의 안목을 피할 수는 없었다.

그런 장신의 사내는 꽤나 나이가 들어 보였다.

대략 사십 세 정도 되어 보이는 그는 관을 하나 썼는데 관에는 황금으로 조각된 여러 장식이 붙어 있었다.

인상은 꽤나 호방하고 잘생겼는데, 사내로서의 기개가 느껴지는 얼굴이었다.

그뿐이 아니다.

그 몸에 흐르는 강렬한 기운은 척 보는 순간 그가 화경에 이르렀다는 것을 알 수 있게 해주었다.

이자가 금마청인가?

장호는 생전 처음 보는 금마장주의 모습을 찬찬히 관찰하면서 자리에서 일어나 포권했다.

척.

"의선문의 문주로 있는 장호라고 합니다."

"처음 뵙겠소, 장 문주. 금마장을 이끌고 있는 금마청이라고 하오."

그가 마주 포권을 해왔다.

"우선 앉으시지요."

"고맙소."

장호의 손짓에 그는 장호의 앞에 마주 보고 앉았다.

잠시 둘은 말없이 서로를 보았다.

"대륙의 황금을 지배한다는 금마장의 장주님을 만나 뵙게 된 것은 저에게 상당히 영광스러운 일이지만, 일개 의원인 저로서는 사실 의문이 드는군요. 저와 장주님은 아무런 일면식도 없으며 사업적으로 서로 접점이 있는 것도 아닌데 말입니다."

"그렇소. 본인과 귀 문주와는 아무런 접점도 일면식도 없지요."

"그런데 무슨 일로 제가 기거하는 곳까지 찾아오신 것인지 알 수 있겠습니까?"

"시원시원해서 좋소. 그럼 거두절미하고 말하리다."

장호는 잠시 그를 보았다.

"사마밀환은 어디에 있소?"

순간 장호의 표정이 딱딱하게 굳었다.

* * *

사마밀환.

금의마선이 남겼다고 전해졌으나 사실은 금의마선이 아닌 진환마제가 남긴 기물.

이 기물은 시간을 역행하여 장호를 열두 살 때로 돌려놓았다.

그것만으로도 이 기물의 힘은 천외천이며 인세의 것이 아니라고 할 수 있었다.

만약 진환마제가 살아 있다면 황밀교 같은 존재도 감히 준동하지 못했을 터이다.

그러나 진환마제는 원명 교체기 당시 명 태조 주원장과 어떤 밀약을 맺은 이후 사라졌다.

이는 제갈화린이 직접 전해준 말이니 확실할 것이다.

"사마밀환이라……. 그걸 왜 저에게 묻는 겁니까?"

장호는 태연을 가장하며 질문을 던졌다.

자신이 사마밀환에 관계된 자인지 아닌지에 대한 대답은 밀어놓고서 모호한 상태로 질문한 것이다.

그런 장호의 말에 금마장주는 씨익 웃어 보였다.

'나는 모든 걸 알고 있다' 라는 표정이다.

"그대가 역천자니까."

그리고 그의 말에 장호는 내심 놀라지 않았다.

사마밀환을 알고 온 자라면 시간을 거슬러 올랐다는 것을 알 수도 있으니까.

하지만 여기서 순순히 인정할 수야 없지 않은가.

“제가요?”

“그렇소. 바로 그대가 시간을 역행하여 과거로 되돌아온 자가 아니오?”

“마치 꿈 같은 이야기군요. 그런 허무맹랑한 이야기를 하기 위해서 오셨다면 헛걸음을 하셨습니다.”

“헛걸음이라……. 후후후후, 진정 헛걸음이라고 생각하오?”

금마장주와 장호의 시선이 충돌했다.

“금마장은 제법 역사가 오래되었지. 본 장의 역사가 얼마나 되었다고 생각하오?”

“글쎄요. 그에 대해서는 견문이 짧아 알 수가 없습니다만.”

“그럼 이야기를 바꾸지. 은룡문이라고 하는 문파가 있소. 이 문파는 신비막측한 비밀결사의 형태를 띤 조직이라오. 이 은룡문의 역사가 얼마나 되는지 혹시 아시오?”

은룡문?

이자성이 은룡문 출신이라고 제갈화린이 말한 바 있다.

또한 은룡문은 중원을 수호하는 비밀결사라고도 한 적이 있다.

은룡문이 갑자기 왜 나오는 걸까?

"은룡문이라……. 그에 대한 뜬소문은 들은 바가 있습니다만… 그게 진실입니까?"

"조심성이 많으시군. 뭐, 좋소. 어차피 그대는 내 말을 듣고 행동을 결정하면 되니까. 혹시 노동제일문이라는 웃기는 이름을 가진 문파를 알고 있소?"

"노동제일문?"

"아마 모를 거요. 그 이름을 아는 이가 강호에 열이 넘지 않으니까. 이 웃기는 이름의 문파의 역사가 거의 반만년이나 되는 건 아시오? 무려 오천 년이 넘는 역사를 가진 문파지. 저 먼 옛날 신선들과 요괴들이 대지를 활보하던 고대에 탄생한 문파거든."

그는 잠시 이야기를 멈추더니 느긋하게 입을 열었다.

"그 당시에 노동제일문이 나타났고, 그 문파의 전인들은 선한 일을 했다고 들었소. 그런데 그들의 무공은 너무나 신묘막측해서 제대로 익히는 이가 몹시 드물었지. 때문에 그들은 원하지 않게 일인전승의 문파가 되고 말았소. 한 가지 재미있는 점은 그들은 많은 이에게 그들의 무공을 가르쳤다는 거요. 다만 너무도 기묘하고 난해하여 조각조각 내서 가르쳤지.”

“이야기의 흐름상 그 노동제일문의 방계라고 할 수 있는 자들이 은룡문인 모양입니다.”

“하하하, 바로 맞히었소. 은룡문 사람들이 바로 노동제일문에서 갈라져 나온 이들이오. 노동제일문의 무공, 농담인지 진담인지 모를 노동신공이라는 무공을 조각내서 익힌 이들이 바로 은룡문 사람들이지. 그리고 그들은 천하 각지에 흩어져 있으며, 천하의 안위를 위해서 고군분투하고 있다오. 재미있는 일 아니오?”

“재미있는 이야기군요.”

장호가 말했다.

“그런데 그 은룡문이 그렇게 대단합니까?”

“물론 대단하지. 그들이 제대로 힘을 행사한다면 황밀교도 상대가 되지 않을 테니까. 아니, 황밀교 내부에도 은룡문도가 섞여 있을 정도요.”

장호는 그의 수다스러울 정도로 긴 말을 들으면서 정신을 집중하고 있었다.

신비문파 노동제일문, 그리고 거기서 갈라져 나와 천하의 안위를 지켜오고 있다는 신비조직 은룡문.

이 두 조직에 대해서는 전생에서 들어본 바가 없으며, 은룡문만 해도 최근 제갈화린을 통해서 들은 것이 전부이다.

그런데 알려지지 않은 이들이 그렇게나 대단하단 말인가?

"황밀교는 은룡문을 견제하긴 하지만 두려워하지는 않는다오. 다만 그들은 노동제일문의 계승자를 두려워하지."

"그 말씀은?"

"노동제일문의 계승자가 사라진 지 벌써 오랜 시간이 흘렀소. 정말 오랜 시간이 흘렀지."

그는 회한에 젖은 눈빛을 해 보였다.

그러고는 갑자기 진지한 눈빛으로 장호를 보았다.

"나는 금마장주이며 은룡문 오대호법 중 하나인 금호법의 직위를 가지고 있으며 금마당을 이끄는 당주이기도 하오."

금마당!

장호는 그 이름을 기억해 두었다.

"그리고 우리 금마당은 천하 자금의 흐름을 조율하지. 금마장은 금마당의 일부일 뿐이오."

장호는 그 말에 어마어마한 충격을 받았다.

금마장이 금마당의 일부일 뿐이라고?

"그럼 여기서 질문 하나 하겠소. 우리가 어떻게 천하 자금의 흐름을 조율할 수 있다고 생각하오?"

장호는 그것에 대해 간단하게 답했다.

"금마장, 아니, 금마당이 애초에 다른 이들의 위에 있기 때문이 아닙니까?"

"옳긴 하지만 정답은 아니라오. 우리는 하나의 정의 아래에 묶여 있지. 그렇기에 이게 가능한 거요."

"정의라……. 어떤 의미인지 모르겠습니다만……."

"노동제일문의 무공 노동신공, 그 방계로 나온 무공들을 흔히 오행신공이라고 부르는 것과 비슷하오. 그리고 부작용이 하나 있지."

"부작용이오?"

왜 그런 것을 말하는 걸까? 장호가 의문을 가지고 보는데 금마장주는 히죽 웃어 보였다.

"노동오행신공의 진의와 오의를 들여다볼수록 그 신공을 익힌 이는 강제적으로 선의를 가지게 되는 것이외다. 이 뜻을 알겠소?"

선의를 가지게 된다? 강제적으로?

"그 말씀은……."

"후후후, 강제적으로 선인이 되는 무공, 그것이 바로 노동오행신공. 은룡문의 무공이 가지는 부작용이오."

강제적으로 선인이 된다?

무공의 영향으로 심성이 흉악해지고 타락하여 광인이나 마인이 되는 무공은 흔하게 있다.

이른바 마공이나 사공이라 부르는 것들이 그런 무공이 아닌가?

그러나 강제적으로 선인이 되는 무공은 그도 들어본 바가 없었다.

그런 무공이 존재한단 말인가?

아니, 악인이 되는 무공이 있으니 선인이 되는 무공도 없진 않을 것이다.

“그로 인해 우리는 천하 대의를 위해 움직이지. 그것이 바로 수천 년간 세계를 지켜온 원동력이오. 그리고 그런 우리가 특히 신경 쓰는 것이 몇 가지 있는데…….”

“그것 중 하나가 사마밀환이라는 말씀이십니까?”

“바로 그렇소. 그것은 천하 만민의 안전을 위협하는 물건이거든. 제갈세가에서 그것을 보관하고 있는 것은 알고 있었소. 다만 사마밀환이 아직 깨어나지 않았기에 내버려 두었을 뿐. 그런데 그걸 제갈화린이 가져가 쓸 줄이야 누가 알았겠소?”

그의 말에 장호는 이질감을 느꼈다.

“장주, 당신은 사마밀환이 사용되었다는 것을 어떻게 알고 있는 겁니까?”

“후후후후후, 은룡문의 무공은 시공을 견디어낼 수 있소.”

"……!"

"나는 금행공을 극성으로 익혔으며 거기에 토행공과 수행공까지 익혔지. 그 결과 시간이 퇴행하는 것 정도는 저항할 수 있었소. 나뿐이 아니오. 은룡문에 속한 자들 중 적어도 나를 포함하여 다섯은 이번 시간 역행에 저항했지."

그것은 충격적인 이야기였다.

"그대와 제갈화린은 사마밀환이 직접 시간을 되감아주었지만… 우리는 저항하여 기억을 보존할 수 있던 것이오. 물론 우리라고 해도 완벽하게 기억을 지킨 것은 아니지만 그래도 다른 이들보다는 형편이 나았소. 그러니 그렇게 경계하거나 거짓을 말할 필요는 없소, 의무쌍수 장호."

의무쌍수!

그것은 전생의 장호가 가졌던 별호이다.

그리고 이번 생에서는 한 번도 들어본 적이 없다.

"세상에는 기괴한 일이 많다더니……."

"후후후, 본래 세상은 그런 것이오. 전부 알았다고 생각하면 모르는 뭔가가 또다시 나타나지."

"좋습니다, 장주. 그런데 당신은 왜 저를 찾아온 것입니까? 사마밀환에 대해 그렇게 잘 알고 있다면 그것이 스스로 사라졌음을 알 텐데요."

"아니, 그 부분을 모르겠다는 것이오."

금마장주가 고개를 흔들었다.

"사마밀환은 주인을 고르는 기물이오. 과거 초씨 성에 변태라는 기괴한 이름을 가진 이가 사마밀환의 주인이 되어 난릉왕을 소환하려고 든 적이 있는데 그 이후 사마밀환은 그 누구에게도 힘을 빌려주지 않았지. 그 이후 지금이 최초라오. 그렇다는 것은 그대와 제갈화린 둘 중 하나가 주인이라는 의미이지."

"정말 그렇다고 생각하십니까?"

"가능성이 높다고 보고 있소. 그대의 불가사의한 성장도 그런 의문을 부채질하는 것 중 하나요. 보시오. 그대는 과거로 되돌아왔고, 전생과는 비교도 할 수 없는 힘과 세력을 손에 넣었소. 그런데 제갈화린은? 그녀 역시 역행자이나 과거와 그다지 달라진 것이 없소. 본래보다 더 빠르게 병을 고쳤다는 것을 제외한다면 그녀에게 달라진 게 있소?"

타당한 의견이다.

하지만 장호로서는 그것이야말로 근거 없는 추측이라고 말하고 싶었다.

"그렇다면 장주는 어떠십니까? 저와 같이 기억을 온존하였다면 당신의 행보 역시 설명하기 어렵습니다만……."

"후후후후, 우리 은룡문은 과거에도, 그리고 지금도 이후의 일에 관여치 않을 것이니 달라진 것이 그리 크지 않소."

"무슨 소리입니까?"

"명제국은 이미 그 생명이 다했소. 이 정도만 말한다면 그대도 이해하겠지?"

장호의 얼굴이 딱딱하게 굳어졌다.

금마장, 아니, 신비문파인 은룡문은 명제국의 멸망을 이야기하고 있는 것이다.

게다가 이들은 명제국의 멸국을 기정사실로 이야기하는 듯했다.

그 판단이 제갈세가의 제갈화린과 같지 않은가?

대체 너희들은 무엇을 보고 있는 것이냐?

장호는 천재라는 이들의 시선과 사고를 알 수가 없었다.

"당신은 제갈화린과 같은 이야기를 하고 있군요."

"그럴 거요. 우리 정도의 집단과 통찰을 가진 자들이면 모두 같은 결론을 얻을 테니까. 그러고 보니 그대는 의원이지. 만약 곪은 부분이 있다면 어떻게 하오?"

"째고 고름을 짜냅니다."

"그것과 같소. 이 나라는 이미 병들었으니 째고 짜내야지."

"명제국이 고름이라는 겁니까?"

"바로 그렇소. 그리고 우리는 이 명제국을 걱정하는 집단이 아니오. 우리의 역사가 수천 년이나 되었는데… 그동안 나라가 얼마나 많이 바뀌었는지 아시오?"

장호는 속으로 침음을 삼켰다.

"오늘 이야기는 유쾌했소, 장 문주. 그대가 사마밀환의 주인이 아니라는 것도 알 것 같고. 하지만 언젠가 사마밀환이 그대의 앞에 나타날 거요. 운명의 순간이겠지. 그리고 그대를 시험할지도 모르오. 그것은 그런 물건이니까."

금마장주가 자리에서 일어섰다.

"나중에 다시 뵙겠소. 역사는 상당히 바뀌었지만 그럼에도 이 나라의 멸망은 피할 수 없소. 그대는 그 이후를 대비하는 것이 좋을 거요."

금마장주는 포권을 해 보이고는 밖으로 나가 버렸다.

장호는 혼란스러운 눈으로 그런 금마장주의 뒷모습을 내내 지켜보았다.

第二章

무림맹주 선출

무림맹주.

중요한 자리이다.

그러나 중요하지 않을 수도 있다.

강호야사 제갈곡

"그럼 표결을 시작하겠소이다!"

무림맹주의 선출식이 시작되었다.

무림문파들이 투표를 하여 무림맹주를 뽑는 식이다.

무림맹을 떠받치는 거대한 문파인 구파일방과 팔대세가의 경우에는 각기 5점의 표결권이 있었다.

그들의 표는 5점인 것.

그리고 다른 중소 문파들은 각기 1점의 표결권이 있었다.

그리고 이 표들을 모두 모아 가장 큰 점수를 얻은 이가 무림맹주가 되는 것이다.

사전 교섭과 홍보는 이미 모두 끝났다.

이제 남은 것은 표결을 통하여 누가 무림맹주가 되는지 결정하는 것뿐.

무림맹주의 임기는 보통 10년이지만, 별다른 문제가 없다면 그 이후에도 계속 지속할 수 있었다.

그러나 장호는 그런 표결의 결과를 발표하는 자리에서 다른 이들과 전혀 다른 표정으로 앉아 있었다.

—역사는 상당히 바뀌었지만 그럼에도 이 나라의 멸망은 피할 수 없소. 그대는 그 이후를 대비하는 것이 좋을 거요.

금마장주의 말이 뇌리 속에 남아 계속해서 울리고 있었다.

제갈화린의 악마적인 두뇌를 잘 아는 장호이다.

그녀는 이미 이 나라가 끝났다고 말했고, 은룡문이라는 조직에 속한 금마장주도 그렇게 말했다.

그것은 거짓인가, 아니면 진실인가?

아마 진실이겠지.

그들이 장호에게 거짓을 논할 이유가 없었다.

어차피 그들은 그런 세력을 가지고 있으니까.

그렇다면 나는 어떻게 해야 하는가?

황밀교를 분쇄한다고 해서 환란이 끝나는 것이 아니라면 어찌해야 할까?

고민하던 장호의 마음이 깊이 침잠해 들어갔다.

그리고 지극히 강호인다운 결론을 내었다.

강해져야겠어.

그 누구도 건드리지 않을 정도로.

그러자면 생육선의 경지에 다다라야겠지.

장호는 그리 결심하며 단상 위를 보았다.

그곳에서는 화산파의 문주가 무림맹주로 당선되었다고 선언하고 있었다.

*　　　*　　　*

금마장주와 의선문주의 회동.

그것은 사람들의 호기심을 자극했다.

산서성의 패자로 떠오른 의선문.

그들의 실체가 이번에 만천하에 드러났기 때문이다.

문도의 수가 무려 일만, 게다가 그 자금력은 금마장에는 이르지 못하지만 천하십대상단에 들 정도라고 한다.

어마어마한 속도로 성장한 의선문은 이제 강호에서 누구

도 무시할 수 없는 세력이 되어 있었다.

그런 의선문의 문주가 금마장주와 회동을 했다?

이유가 무엇인가?

강호인들의 시선이 이 둘에게 향하는 것은 당연한 일이다.

하지만 장호는 그런 것에는 조금도 신경 쓰지 않았다.

이미 의선문과 동맹 관계인 화산파의 장문인이 무림맹주가 되었음에도 그는 신경 쓰지 않았다.

축하 행사가 끝나자 다른 문파들과는 다르게 빠르게 산서성을 향해 되돌아갔기 때문이다.

"스승님, 어째서 이렇게 빠르게 돌아가시는 건지 알 수 있을까요?"

"사태가 변해서라고 해야겠구나."

제자 이연의 질문에 장호는 창밖을 바라보던 시선을 돌려 그녀를 바라보았다.

소녀에서 여인이 된 그녀.

그녀에게 장호는 상황을 설명해 줘야 할 필요성을 느꼈다.

"이 명제국은… 이제 곧 망국이 된단다."

"예?"

이연의 아름다운 두 눈이 크게 뜨였다.

그녀의 놀람은 그 표정만 보아도 알 수 있을 정도였다.

그런 이연에게 장호는 천천히 말을 이었다.

"명제국은 그 안쪽까지 썩어버렸지. 단지 그뿐이라면 망국을 논할 정도는 아니야. 하지만 문제는 타국이다."

"설마 북적을 말씀하시는 건가요?"

북적.

원제국을 이름이다.

지금에 와서야 원제국은 망국이 되어 사라졌고, 원제국을 이루던 이들은 북쪽으로 내몰려 국가의 형태조차도 제대로 이루지 못하고 있는 상황이다.

여러 개의 부족으로 나뉘어 있고, 그들은 스스로를 칭기즈칸의 후예라고 자처하고 있으니 제대로 된 힘을 보일 수 있을 리가 있겠는가?

그렇다고 해서 그들이 위협적이지 않다는 것은 아니다.

과거 원제국 시절, 그들은 중원의 무공을 아주 많이 가져갔다.

때문에 그들 중에는 고수가 즐비했고, 그들은 군대와 같이 움직이는 무장이기도 했다.

"아니, 북적은 아니다. 그들과 비슷한 이들이지만……."

장호는 제갈화린과 금마장주에게서 들은 이야기를 천천히 들려주었다.

몽골족이 아닌 여진족에서 대통합이 이루어졌고, 그들 중에 대족장이 나왔다는 사실을.

그러한 이야기에 이연의 두 눈이 점점 침착해져 갔다.

놀람을 누르고 이성적인 사고를 하기 시작한 것이다.

"그리고 얼마 후면 대족장 누르하치가 전쟁을 일으킬 것이다. 흑룡강성과 요녕성은 바로 넘어가야 한다고 봐야겠지. 모용세가가 어찌 나올지 모르지만 그들은 천년세가라고 불리던 만큼 이번에도 여진에 줄을 설 것이 뻔하다."

모용세가.

그 역사가 천년이라고 할 만큼 깊다.

그들은 나라가 바뀔 때마다 적극적으로 새로운 국가에 충성을 맹세하며 살아남아 왔다.

그런 만큼 이번에도 다르지 않으리라고 생각하고 있다.

"그러니 우리도 무언가 선택을 하지 않으면 안 되겠지."

"전쟁을 막을 수는 없나요?"

"없을 게다. 이미 이 나라는 명운이 다했으니."

천하 경제의 주인이라고 자부할 만한 이가 바로 금마장주이다.

악마적인 두뇌를 가진 초인이 제갈화린이다.

그 둘이 명제국은 이미 망국이 된다고 말하였으니 십중팔구 이 명제국은 멸한다고 보아야 했다.

그사이에 장호 자신이 무엇을 할 수 있을까?

황밀교와의 전쟁조차도 승산을 장담하기 어려운 마당에 국가의 명운을 건 전쟁이라니…….

게다가 황밀교는 은룡문의 이적자 이자성과도 손을 잡은 것이 확실했다.

이미 이자성의 반란은 남부에서 확산 중이고, 여진족이 뭉쳐서 움직이고 있다는 사실조차도 제국 정부는 제대로 파악을 못하고 있는 중이 아닌가?

"그러면 앞으로 어떻게 하실 생각인가요?"

"산서는 우리 거다. 그렇지?"

"예, 스승님."

"그렇다면 무엇을 해야 할까?"

"아, 설마 스승님……."

"그래, 산서를 완전히 손에 넣는다. 모든 것을 우리의 통제하에 두어야 해. 병권까지도. 하지만 그것만으로는 부족해."

"뭐가 더 필요할까요?"

"무(武)."

장호는 싸늘한 표정을 지어 보였다.

"누구도 범접할 수 없는 절대적인 무."

* * *

새로운 무림맹주는 화산파 장문인 출신이다.

그리고 그는 무림맹주가 되자마자 한 가지 사실을 발표했다.

—천하에 황밀교라고 하는 사교 집단이 있어 이들이 남부의 반란을 획책하였다! 황밀교는 마교라 부를 존재이니 척결해야 한다!

그렇지 않아도 이자성의 난이라 불리는 민중 봉기와 반란은 천하를 혼란스럽게 했는데 무림맹주는 불난 집에 기름을 들이붓는 행동을 했다.

황밀교라니?

이들은 대체 누구란 말인가?

그러나 강호의 거대 문파들은 은밀하게 이 암중 조직에 대한 정보를 가지고 있었다.

무림맹주의 명에 의해서 그 정보들이 하나로 모였고, 황밀교라는 단체의 흔적을 여기저기에서 찾아낼 수 있었다.

또한 이자성의 반란을 일으킨 자들이 황밀교라고 선포한 덕분에 황궁에서도 관심을 보이고 힘을 보태기로 했다.

비록 명제국이 부패해 썩어빠졌다고는 하지만, 그래도 아직은 이 나라의 주인이다.

때문에 꽤나 강력하고 은밀한 힘을 지니고 있었다.

동창!

환관을 주축으로 만들어진 이 조직에는 강력한 무공을 익힌 고강한 무인들이 다수 존재한다.

무인의 숫자로는 강호 최대라고 할 수 있는 데다 유사시 군대를 움직이는 권한까지 있는 것이 동창이다.

문제라면 이 동창 자체가 부패하였다는 거지만, 반란 사건 앞에서는 이들도 발등에 불이 떨어진 것이나 마찬가지였다.

그 결과 무림맹을 주축으로 한 일종의 군대가 만들어졌고, 이들은 무림연합군이라고 불리게 되었다.

구파일방을 위시하여 무림맹에 속한 이들이 모조리 모여든 이 군대의 수는 무려 이만여 명이 넘고, 화경에 이른 절대고수가 무려 스무 명이나 참가했다.

이에 발맞추어 동창과 관군으로 이루어진 황궁수호군이 준비되었는데, 이들의 숫자는 총 삼만여 명에 화경에 이른 절대고수가 열 명이나 포함되었다.

또한 이자성의 민란을 막아내기 위해서 십오만 명의 군병이 따로 차출되어 이동을 시작했다.

바야흐로 이자성의 반란 때문에 천하가 뒤흔들리게 된 것이다.

그러나 이런 와중에도 의선문은 병력을 보내지 않았다.

그리고 누구도 그에 대해서 별다른 이야기를 하지 않았다.

의선문 역시 일만이 넘는 무인을 보유하고 있는 집단임에도 이런 까닭은 의선문이 막대한 재화를 내놓았기 때문이다.

전쟁을 하려면 돈이 필요하다.

무림연합군 이만여 명이 소비하는 식량뿐만 아니라 그들이 사용해야 할 의약품도 엄청난 재화가 소모되니까.

그런데 그런 군비의 절반을 의선문이 내놓았으니 의선문의 무인들이 나서지 않는다고 비난할 수가 없게 된 것이다.

결국 무림연합군, 황궁수호군, 그리고 반란진압군이 출발하여 이자성이 반란을 일으켜 차지한 지역으로 향했다.

"시작했군요."

"오냐, 시작했다."

그리고 그런 순간 모녀는 밀실에서 지도를 내려다보면서 이야기를 나누고 있었다.

"이자성은 은룡문과 결별하였으니 정보가 부족할 것이다."

"황밀교의 뿌리가 여기저기 있으니 이자성은 그 부분을 해결했을 테죠."

"이자성은 수류공을 익혔으니 강에서 싸운다면 그가 이길 터. 그의 휘하에는 누가 있느냐?"

"은룡문의 몇 명이 그와 함께하는 것을 확인되었어요. 그리고 황밀교의 인물들도."

"황밀교, 이제 와서 대체 왜……."

"사마밀환이 움직인 것과 관련이 있을 테죠."

"그런가? 사마밀환의 행방은?"

"아직이에요."

"의선문주에게 깃들었을 가능성은?"

"존재하지만 확신할 수 없어요. 그의 강함은 약간 예외이지만 사실 은룡문이나 황밀교의 무공에 비하면 한 수 아래니까요."

"음, 의선문의 무공이라……. 생육선, 그게 가능한 것인가."

"알 수 없죠."

모녀는 서로 문답을 나누며 생각을 정리했다.

"누르하치는?"

"이제 남하를 시작할 거예요. 그들에게 이미 황밀교가 정보를 전했을 테니까."

"그래, 화산파의 장문인은 어떠냐?"

"황밀교 사람임이 확실해요."

모녀의 대화에서 믿을 수 없는 사실이 튀어나왔다.

무림맹주인 화산파의 장문인이 황밀교에 속해 있다니?

"그런가? 역시……."

제갈세가주는 딸인 제갈화린의 말에 역시라는 듯 고개를 끄덕였다.

"선검문은 어떻게 될 것 같으냐?"

"아마도 그들의 운명대로 향하겠죠."

"운명인가? 얄궂은 일이로구나."

제갈세가주는 크게 한숨을 내쉬었다.

그의 표정이 강호의 간웅에서 지치고 늙은 노인의 것으로 바뀌었다.

"화린아, 나의 시간도 이제 얼마 남지 않았다."

"아버지, 그런 말씀 하지 마세요."

"아니, 나는 안다. 너만큼 오성이 뛰어난 것은 아니나 내 시간이 길지 않음은 알아. 황밀교의 난 당시에 내가 살아 있었더냐?"

제갈세가주의 말에 제갈화린은 말을 잇지 못하였다.

"다음 대의 가주는 네가 아닌 네 오라비가 될 것이다."

"예."

"너는 세가를 나가 네 뜻대로 하거라."

"예, 아버지."

"본가는 지난 세월이 그래왔듯 이번에도 버티어 넘어가겠지. 저 모용세가처럼."

제갈세가주의 심유한 눈빛이 허공을 훑었다.

*　　　*　　　*

"무림맹의 행보는 기이하군요."

임진연이 석류처럼 붉은 입술을 달싹였다.

그의 목소리는 이제 거의 여성이라고 해야 할 정도로 변화되었기 때문에 그의 과거와 진실된 정체를 모른다면 여성으로밖에 보이지 않았다.

"무엇이 기이하지?"

"보십시오. 황궁과 연계하여 움직인다는 점에서 이미 이상하지 않습니까? 무림맹의 인사들은 황궁을 혐오하니까요."

"혐오한다……."

그런 임진연의 앞에는 이제 멋진 미장부가 되어 있는 장호가 앉아 있었다.

둘은 지도를 펼친 탁자를 사이에 두고서 이야기를 나누

는 중이었는데, 임진연은 이제 완연한 여성처럼 보였다.

"혐오하더라도 대적이 앞에 있다면 손을 잡는 것이 강호이지 않나? 소리장도라는 이야기가 괜히 있는 게 아니야."

소리장도(笑裏藏刀).

웃음 안에 칼을 숨기고 있다는 이 고사를 언급하며 장호가 고개를 내저었다.

"하오나 문주님, 이들은 지금 서로 따로 놀고 있으니 문제지요."

"따로 논다?"

"예. 무림연합군, 이들은 지금 동쪽을 통해 남으로 이동하고 있습니다. 그에 반해서 황궁수호군은 서쪽을 통해 남으로 이동하고 있지요. 그 외에 십오만의 병력은 각지에서 이동 중이니 이건 중구난방이라고밖에 볼 수 없습니다."

"중구난방이라……."

"십오만의 병력이라고는 하지만 각지에서 조금씩 차출되어 오는 것. 일차로 각 지점에 모여 적게는 일만, 많게는 삼만 정도의 군세를 형성하여 이동하게 될 테지요. 그것은……."

"각개격파를 당할 수 있다?"

"예. 반란의 수괴인 이자성이 문주님의 말과 같이 은룡문이라는 신비조직의 일원이었으며 뛰어난 효웅이라면 이 기회를 놓치지 않을 겁니다. 그건 황밀교 역시 마찬가지."

"반드시 습격하겠군. 하지만 저들의 수가 어마어마하게 많다. 그들을 습격하기 위해서는 역시 엄청난 숫자가 움직여야 하는데 그러면 개방과 동창의 눈을 피할 수 없어. 일만의 사람을 습격하여 해치우려면 적어도 오천의 사람이 움직여야 할 터, 오천여 명의 움직임을 모를 수 있을까?"

장호의 지적은 정당했다.

"그렇다면 도리어 이렇게 떠들썩하게 가는 게 맞는 일 아닌가?"

"정상적이라면 문주님의 말씀이 옳습니다. 하나 이 명제국은 정상적인 나라가 아니지요."

"흠."

"부정부패가 끊이지 않는 곳이 당금 명의 상태이니 중간중간 어떤 일이 벌어져도 놀랍지가 않습니다. 동창의 귀와 눈은 먼 지 오래되었고 개방의 소식은 그나마 정확하지만 현재의 혼란은 그들의 이목을 가려줄 테죠."

"즉 어떻게든 대규모의 무리가 움직일 수 있다 이것이지?"

"예, 문주님. 그리고 이걸 무림맹주가 모를 수가 없습니다. 혐오하는 황궁과 손을 잡을 거라면 안전을 생각해 같이 움직였든가……."

"혹은 군대의 일부와 움직였어야 한다?"

"예."

"확실히 그것은 이상하군."

장호의 눈이 가늘어졌다.

"더 이상한 점은 황밀교를 척살해야 한다면서 이자성의 반란을 진압하는 일에 낀 것이라고 할 수 있습니다."

"음."

"황밀교의 입김이 이자성의 반란에 닿아 있다고 하지만… 그들이 본체가 아니지 않습니까?"

"그렇지. 황밀교의 본체가 어디인지는 그들 스스로를 제외하면 아직 아는 이가 없다."

장호는 두 눈빛을 형형하게 빛내었다.

"나는 사실 그들에게 받아야 할 혈채가 있지."

"그러셨군요."

"하지만 지금 그 혈채를 받을 수 없으니 일단 두고 볼 수밖에. 지원은 제대로 하고 있나?"

"금마장을 통해서 하고 있습니다."

"계속 그렇게 하게. 그나저나 자네의 말대로라면."

"예. 무림맹에도 황밀교의 세력이 크게 자리 잡고 있는 셈이지요."

"큰일이군. 그나마 형님이 화산파의 본산에 계신 게 다행인가."

"모든 이가 다 전장에 갈 수는 없는 법이니까요. 그리고 그건 문주님에 대한 배려일 겁니다."

"그렇겠지."

장호는 서늘한 눈으로 지도를 내려다보았다.

"그렇다면 우리도 다른 준비를 해야겠군."

"이미 은밀하게 무기를 준비 중에 있습니다. 그리고 다들 군의 경험이 있어 무기를 다루는 것에 능숙하지요."

임진연이 말하는 무기란 일반적인 강호의 무기가 아니었다.

군병이 다루는 병기이다.

만약 제대로 된 나라였다면 소지 자체가 금지된 품목이 의선문에는 다수 들어와 있었다.

이는 명백히 반역이라고 봐도 좋을 행동이지만, 이미 부패한 지금의 명제국에서는 그것을 들추어낼 자가 없었다.

의선문은 돈을 많이 버는 데다가 산서성 최대의 지주이기도 하다.

이제는 백만에 달하는 농민이 의선문의 땅에서 소작하고 있으니 그 세력은 천하에서도 수위를 다툰다고 보아야 한다.

단순한 문파가 아닌, 하나의 지방 군벌화되어 버린 것.

게다가 그렇게 성장하면서 의선문은 다수의 뇌물을 여기저기에 뿌렸다.

그러하니 의선문을 건드릴 정치적인 존재는 없다고 보아야 했다.

또한 장호가 과거 흑점주를 구출하면서 정사품의 관직까지 받았으니 더더욱 장호를 건드리기에는 어려운 상황이다.

현재는 산서성의 절도사도 장호의 아랫사람이나 마찬가지인 상태이니 말해서 무엇하겠는가?

"게다가 연노 역시 구했습니다. 현재 일천 기를 들여왔지요."

연노!

노궁만 해도 제국에서 전략 전술 병기로 관리한다.

강호의 야인 따위가 가질 만한 물건이 아니었다.

그런데 연노는 그보다도 더 귀하다.

연사 속도가 빠른 이 대형의 노궁은 사람의 몸통만 한 화살을 빠르게 속사해 낸다.

그런 것을 일천 기나 확보했다니…….

"군대도 썩었군."

"절도사가 내어주었지요."

"좋아, 그렇다면 차근차근 정리하도록 하세. 일단 이 땅을 완전히 우리의 것으로 만드는 것부터 해야겠지."

"명심하겠습니다."

"영약을 충분히 공급하고 문인들의 공력을 더 늘려두게."

"그리하겠습니다."

"곧 전쟁이 일어날 것이야."

"이 제국이 망한다면… 슬프겠군요."

"진정 그런가?"

"하하하하, 말이 그렇다는 겁니다. 새로운 지배자와 협력만 잘된다면 무슨 상관이겠습니까?"

"그렇겠지."

장호는 고개를 끄덕였다.

중원!

그러나 이 중원이 오롯이 한인에 의해서 지배받는 시기는 역사적으로 그리 길다고 할 수가 없었다.

"그럼 그렇게 진행해 주게."

"예, 문주님."

* * *

장호는 스스로를 돌아보았다.

이미 공력은 충만하고 더 이상 늘어나지 않는 상황에 도달했다.

선천의선강기.

이 절세의 기공은 불어나면 불어날수록 장호에게 더더욱 강력한 힘을 부여하였다.

이제 와서는 강기도 견디어내는 금강불괴의 육신을 지녔고, 근력과 오감은 인간을 아득히 초월한 상태이다.

그러나 이제 공력이 더 늘지 않았다.

사 갑자에 도달한 공력은 더 이상 늘어나지 않은 지 이미 꽤 되었던 것.

벽이다.

강호의 고수들이 모두 겪는 정체기.

이 벽을 부순다면 장호는 진정한 생육선의 단계에 접어들 것이라는 것을 직감하고 있었다.

문제는 방도이다.

생육선의 경지란 대체 어찌해야 올라설 수 있을까?

무의 궁극에 도달하려는 시도는 여러 문파에서 이루어졌다.

그러나 무의 궁극에 도달하는 이는 백 년에 한 명 나올까 말까 한다.

화경에 오른 이는 그래도 꽤 되지만, 그 너머로 진입한

자는 거의 없었다.

그러고 보면 나는 화경은 아니지.

장호는 자신의 손을 내려다보았다.

장호가 강하긴 하나 그것은 육체적인 완성에 이르렀기 때문이다.

실제로 장호는 강기를 만들어낼 수가 없었다.

화경의 증거인 강기.

그것은 기운의 운용과 제어가 인간의 경지를 벗어남을 의미한다.

마혈신외공은 애초에 극강의 외공, 독으로 신체를 단련하는 무공이라 일반적인 독공이 아니었고, 내공심법인 선천의선강기 역시 독공과는 거리가 멀었다.

장호가 독공을 익혔다지만 독을 사용하는 게 아닌, 육신을 단련하고 독에 대한 내성을 늘리는 용도이다.

또한 선천의선강기는 육신 자체에 관여하는 성질이 강하고 체외로 발출한다거나 하는 무리를 포함하지 아니하였다.

사실 그 때문에 선천의선강기가 신공절학으로 알려지지 않은 것이리라.

내공을 모으는 속도가 너무나 느리고 체외로 발출하는 공능과 무리가 빠져 있으니까.

장호의 경우 스승이 내공을 전수해 주었고 영약을 다수 섭취하여 내공을 늘릴 수 있어 이런 경지에 이른 것이다.

보통의 경우라면 선천의선강기로 이 정도 수준에 이르는 것은 불가능했다.

만약 그렇지 않았다면 의선문이 그렇게 몰락하지 않았을 터.

장호의 경우는 몹시 특별한 경우라고 보아야 했다.

"생육선……."

다른 무공의 경우 화경에 오르는 것은 어떤 이유인가?

생육선의 경지는 화경에 이르러야 할 것이라는 게 장호의 생각이다.

장호는 자신의 내부를 들여다보면서 궁리를 거듭했다.

애초에 생육선도 이야기만 전해지지 그 경지가 어떤 것인지에 대해서는 정확한 정보가 없었다.

다른 화경의 고수들은 어떠한가? 그들이 화경이 되는 이유에 대해서도 제대로 알려진 바가 없다.

그렇다면…….

"관찰, 그리고 연구가 필요한가."

화경의 고수에게 교육을 받는다고 해서 화경이 되는 것은 아니다.

만약 그랬다면 강호에는 절대고수의 수가 더욱 많았겠지.

명문대파의 교육이라고 할지라도 초절정고수까지가 한계.

화경에 이르는 것은 온전히 스스로의 노력이 있어야 한다.

그렇다면…….

장호는 화경의 절대고수를 찾아 나서기로 했다.

그리고 화경의 절대고수가 있을 만한 곳을 장호는 잘 알고 있었다.

"물러서 있으려 했더니……."

장호의 눈이 가늘어졌다.

결론은 단지 하나뿐이다.

화경에 이른 자들과 싸운다.

*　　*　　*

"스승님, 몸 보중하세요."

아름다운 여인은 걱정을 담은 눈빛으로 장호를 보았다.

미장부의 모습을 한 장호는 그런 아름다운 제자를 보며 입을 열었다.

"이 스승이 다칠 일이 뭐가 있겠느냐? 잘 지키고 있거라."

장호는 제자인 이연, 이진에게 그리 말하곤 다른 이들을 바라보았다.

"유 총관, 임 총관, 본 문을 잘 부탁하네."

"예, 문주님."

장호는 그렇게 홀로 의선문을 떠났다.

장호가 돌아오기 전까지 의선문은 내실을 다지며 천하를 향해 칼을 뽑아 들 날만을 기다리게 되리라.

第三章

투쟁

삶은 투쟁이다.
외부의 여러 가지 불안정한 요소들과 싸워야만 삶을 온건히 이어갈 수 있기 때문이다.
투쟁에서 패한다면 몰락하여 배제되지만,
승리한다면 안락함과 평온함을 얻으리라.

어떤 철학자

"홀로 강호를 떠도는 것도 오랜만이군."

장호는 강호낭중을 하던 시절 입던 형태의 의원 복장을 했다.

등에는 간단한 봇짐 하나만 멘 그는 허리춤에 검을 두 자루 차고 있었다.

이제 와서는 검술보다 적수공권이 더 강하고 익숙하지만, 장호는 일부러 검을 두 자루나 차고 강호로 나섰다.

그것은 무에 대해서 더 궁리하기 위해서이다.

그는 천생 의원이지 무인이 아니다.

전생에서도, 그리고 현생도 마찬가지이다.

그가 무인이었다면 애초에 이런 성과를 내지도 못했을 테니까.

의원은 연구하고 궁리한다.

인체와 병에 대해서 탐구하고 이를 이용하고자 한다.

만약 그런 시도들이 아니었다면 천하에 의술이란 게 존재하지 않았을 터이다.

물론 무인들도 연구하고 궁리하기는 한다.

하지만 그 자세가 다르다.

의원은 대부분이 다 연구와 궁리를 평생의 업으로 생각하는 데 반해 무인들은 자신이 배운 무공 하나만 죽자고 파는 버릇이 있다.

새로운 무공이 자주 나타나지 않고 수백 년간 강호를 진동시킨 무공들이 옛날 것들 그대로인 것에는 그만한 이유가 있는 것이다.

여하튼 장호는 이번 기회에 흑점에 들를 생각이다.

무공의 이론서, 그리고 다른 종류의 무공을 다수 섭렵하기로 결정했기 때문이다.

동시에 강자와 다수 싸우고 그들의 능력을 관찰하며 새로운 단계로 나아가기 위한 단초를 잡을 생각이다.

그러기 위해서 장호는 지금 무림연합군을 찾아가는 중

이다.

비록 황밀교의 본체와 싸우는 것은 아니겠지만 황밀교의 무리가 다수 나타날 것은 사실이다.

게다가 개중에는 화경에 이른 절대고수들이 끼어 있을 것이다.

아직은 본격적으로 누르하치의 침공이 시작되지 않았으니 그 전에 어떻게든 화경, 혹은 생육선의 경지에 이르러야 했다.

그러자면 이 방법이 가장 빨랐다.

장호는 애초에 명문대파의 수련생이 아니고 무리에 정통하다고 할 수 없었다.

다수의 무공서를 탐독했지만 역사와 전통이 있는 수련을 받은 것이 아니니까.

다만 의술에 있어서는 천하제일을 논할 만하여 장호는 그 때문에 이토록 강해진 것이나 다름없었다.

저벅저벅.

날은 아직 덥다.

여름이 이어지고 있으니 당연한 일이다.

그러나 태양 아래에 걷는 장호는 수화불침의 경지에 이르러 더위를 느끼지 않았다.

그런 장호는 한적한 산길을 걷고 있었는데, 저 멀리 언덕에 작은 집 한 채가 보였다.

이런 곳에 집이라…….

장호는 집이 가까워짐에 따라 그 집이 보통 집이 아님을 알 수 있었다.

그곳은 작긴 했지만 사람의 식욕을 돋는 향기가 나는 객잔이었다.

아마도 이 산길을 통해서 지나가는 상인이나 과객이 많으니 그들을 위해 장사를 하는 곳인 듯했다.

사실 중원 천하에는 이런 곳에 제법 많았다.

그리고 이런 외진 곳에 있는 객잔의 주인들은 나름대로 무공을 한 수 하는 자들이기도 했다.

왜냐하면 도적의 무리가 해를 가하기도 하기 때문으로 일반인이 이런 곳에서 장사를 하는 것은 거의 불가능했다.

마침 출출하던 참이라 장호는 산중 객잔으로 다가갔다.

"어서 옵쇼."

객잔 안으로 들어가자 점소이 한 명이 장호를 반겼다.

보통 점소이라 하면 나이가 어리게 마련이다.

그런데 이 점소이는 어깨가 떡 벌어지고 체구도 컸다.

역시 과거 한가락 하던 인물이 차린 객잔인 모양이다.

"만두와 소면 좀 내주시오. 그리고 술은 뭐가 있소?"

"본 점은 죽엽청뿐입니다."

"그럼 죽엽청도 한 병."

"이쪽으로 앉으시죠."

장호는 점소이가 말한 곳에 앉아서 내부를 보니 그 외에도 손님이 다섯이나 더 있었다.

상인으로 보이는 이 세 명과 낭인으로 보이는 이 두 명이다.

상인 무리와 낭인 무리가 각각의 탁자를 차지하고 앉아 요리를 먹고 있다.

잠시 그들을 보다가 창밖으로 시선을 돌려 바라보고 있자니 요리가 나왔다.

만두는 이미 삶아놓은 것을 살짝 데워 내온 것이고, 소면은 바로 면을 삶아 육수에 담아 온 것이다.

먹어보니 나쁘지 않았다.

이 정도면 이 산길을 자주 이용하는 이들이 단골로 이용할 정도는 되었다.

장호가 그런 생각을 하며 먹고 있는데 낭인 중 하나가 장호에게 다가왔다.

"실례하오."

"그러시오."

"강호낭중으로 보이는데 맞소?"

낭인은 수염을 덥수룩하게 기른 장한이었는데, 제법 강

호를 전전한 티가 났다.

꽤나 노련한 낭인일 터이다.

"맞소만."

"동료가 부상을 입었는데 한번 봐주실 수 있겠소? 내상을 입었다오."

"내상을 강호낭중에게 보인다는 게 무슨 의미인지 알고나 있는 거요?"

장호는 기가 찼다.

내상이면 적어도 일급의 실력을 지닌 의원이 아니라면 손을 대는 게 아니다.

강호에서도 내가고수가 아니라면 타인의 내상을 치료해 주는 것은 거의 불가능에 가까운 행위였다.

"지푸라기라도 잡고 싶은 심정에……."

"그렇구려."

장호는 소면 그릇을 들고는 단번에 후루룩 먹어치웠다.

"후, 환자가 있다면 봐야겠지. 가봅시다."

"감사하오."

장호는 그 장한을 따라서 객실로 향했다.

* * *

"이건……."

장호는 내상을 입었다는 낭인을 보며 침중한 표정을 지어 보였다.

"무공을 잃어도 좋소. 생명을 구해주실 수 있겠소?"

동료인 털보 장한의 말에 장호는 잠시 생각에 잠겼다.

그가 내려다보고 있는 낭인은 상체가 시커멓게 변색되어 있고 온몸으로 검은 땀을 흘리고 있다.

게다가 상반신에는 선명한 검은 손바닥 자국이 남아 있으니 이는 보통 상태가 아니었다.

"흑독수요."

"흑독수?"

"독공의 한 가지지. 그런데 이건 당가의 인물 외에 익힌 이가 거의 없는데……."

장호는 이게 뭔지 알고 있다.

"당가!"

"물론 당가의 인물들이 대부분 익히지만 강호에 이 독공을 익힌 이가 아예 없는 건 아니오. 제법 알려진 무공이거든."

"살릴 수 있겠소?"

털보의 말에 장호가 웃어 보였다.

"당신들은 운이 좋구려."

그러고는 손짓을 해 보였다.

"이 환자를 치료해야 하니 나가보시오. 과거처럼 거동할 수 있게 될 거요."

"진, 진짜요?"

"그럼 가짜겠소? 나가 있으시오."

장호는 털보 장한을 내보내고 앞을 보았다.

"흑독수, 이걸 익힌 자가 강호에 열 명이 넘지 않을 텐데……."

당가에서만 이 무공을 익히는 데에는 이유가 있었다.

익히는 방법이 까다로워 조력이 필요한 까닭이다.

손을 독으로 물들여 강철보다 단단하게 제련하는 이 무공은 사이하고 괴이하다.

물론 익혀낸다면 그 위력은 대단했다.

일단 천독불침, 도검불침의 손이 되니까.

게다가 이 손 자체에 독기가 있어 스치기만 해도 중독당하고 만다.

권공을 익힌 자에게는 엄청난 이점이고, 맨손으로 독을 다룰 수 있으니 독공 수련자에게도 엄청난 이점이 있다.

즉 이것은 일정한 세력을 가진 이들이 아니라면 익히기가 어려운 무공이다.

게다가 흑독수는 기본적인 이름일 뿐 종류도 아주 많았다.

"아직 안 죽은 것은 독기를 제어했다는 것이고, 그렇다는 것은 독공의 고수가 인근에 와 있다는 건데……."

장호는 지금 산서성을 벗어난 지점에 있다.

산서성과 다른 지역의 경계라고 해야 할까? 그런 곳에 독공의 고수가 나타났다는 것은 제법 의미심장한 일이다.

"황밀교는 확실히 빠르군."

이미 적이 나타났다.

그리고 그들과 싸우는 것은 장호로서도 바라는 바이다.

*　　*　　*

낭인을 치료하는 것은 그리 어렵지 않았다.

장호 역시 독공을 익힌 몸.

그 독기를 제어하여 빼내는 것은 그리 어려운 것이 아니었다.

독을 빼내어 장호 스스로가 흡수하고 낭인의 상한 부위를 치료해 주었다.

그래도 한 달 정도는 정양해야 하지만, 무공도 다시 사용할 수 있고 부작용도 남지 않을 터였다.

장호는 낭인들에게 약간의 사례를 받고서 다시 길을 떠났다.

이미 적들이 이 근처에 와 있다.

물론 장호가 어디에 있는지 그들조차도 자세히는 모를 것이다.

왜냐하면 여기는 산서성과의 경계니까.

산서성 전체는 이미 의선문에 완전히 통제되고 있다.

외부의 정보 세력은 개방이라고 할지라도 지극히 위축될 수밖에 없다.

장호가 홀로 떠났으며, 이쪽 방향이라는 것 외에는 황밀교에도 알려진 바가 없을 터이다.

그러하니 장호가 어디에 있는지 그들은 아직 자세히는 모를 터.

문제는 장호도 황밀교가 어디에 있는지 잘 모른다는 것이다.

사실 그 문제는 아무래도 좋았다.

낭인들을 치료해 주면서 흔적을 남겼으니 적어도 열흘 안에는 황밀교의 눈이 장호를 주시할 것이니까.

때문에 장호는 결정해야 했다.

이대로 아래로 빠르게 남진하느냐, 아니면 천천히 이동하느냐.

장호의 이동 속도는 범인을 초월한 것이어서 하루 열두 시진 동안 쉬지 않고 뛰는 것이 가능했다.

다시 말하지만 걷는 게 아니다.

뛰는 것이다.

그것도 보통 사람이 전력 질주하는 속도로.

보통 사람이 빠르게 달리면 말의 절반 정도의 속도를 낼 수 있다고 한다.

그것도 전력 질주할 때의 얘기다.

전력 질주를 하게 되면 일각도 되지 않아 폐에 무리가 온다.

그러나 장호는 일반인이 전력으로 질주하는 속도로 열두 시진을 달려도 전혀 지치지 않는다.

잠을 자지 않아도 상관없다.

그런 속도로 달린다고 하면 하루에 천 리 정도는 아주 가볍게 이동할 수 있다.

실제로 장호는 하루 천 리(400㎞) 정도는 도보로 이동할 수 있었다.

문제는 그런 속도로 움직이게 되면 제아무리 황밀교라고 해도 장호를 따라잡을 수가 없다는 점이다.

전서구의 소식 전달 속도는 무척이나 빠르지만, 사람이 모이는 데에는 시간이 걸리니까.

황밀교도들은 천하 각지에 흩어져 있으니, 그들이 움직이려면 시간이 필요한 것은 당연지사.

장호가 계속해서 이동한다면 열흘 이내에 목적지에 도착하는 것이 가능했으니 사실 추적해 온다고 해도 의미가 없다고 볼 수 있었다.

장호는 잠시 생각하다가 일단 적을 자극해 보기로 했다.

우선은 대도시에서 삼 일을 머물고 달리기 시작하는 것이다.

그리하면 꼬리가 붙을 것이고, 그들 일부를 제거하는 식으로 유격전을 펼친다면 황밀교는 더 괴로워지리라.

그것이면 족하다.

어차피 명제국이 망한다면 새로운 나라와 협상할 수밖에 없다.

그러기 위해서는 더 강해져야 한다.

국가도 함부로 할 수 없는 절대적인 힘이 있다면 결과적으로 새로운 제국이 들어선다 해도 장호를 건드리지 않게 되리라.

장호는 그리 생각하며 나무 위로 몸을 날렸다.

탁.

높은 나뭇가지 위에 올라선 장호는 저 멀리 보이는 제법 큰 도시를 발견했다.

"저기가 소현이라는 도시려나."

일단 지도상으로는 저 도시가 소현일 터.

장호는 전생에 강호낭중으로 오랜 시간 돌아다녔기에 길에는 제법 밝았다.

팟!

장호는 절정의 경공을 발휘하여 빠르게 나아갔다.

오늘은 저 소현이라는 도시에 머물게 될 것이다.

*　　　*　　　*

소현.

산서성과 하남성의 경계에 있는 도시로 행정상으로는 하남성에 속했다.

이 도시에서는 산서에서 넘어오는 약재들이 주로 거래되었는데, 최근에는 산서성의 의선문 지부가 이쪽에도 진입해 있었다.

애초에 유통 과정이 줄어들면 이익은 증대된다.

때문에 의선문의 지부가 여기까지 올 수 있었다.

장호는 소현에 들어와 일단 객잔을 잡았다.

소현의 의선문 지부도 한번 둘러보면서 삼 일 정도 머무를 생각이다.

그러면 황밀교의 끄나풀이 장호를 알아차리고 빠르게 움직이리라.

"어서 옵쇼!"

장호는 소현에서 제법 커 보이는 객잔에 들어섰다.

백룡객잔.

실제로 건물의 외벽도 하얀색으로 칠한 것이 꽤나 시원해 보였다.

사 층짜리의 대규모 객잔이었는데, 안쪽에도 사람들이 바글바글했다.

"혼자이십니까요, 손님?"

"맞소."

"이쪽으로 오시지요."

점소이 소년이 장호를 끌고 간 곳은 구석의 일인용 작은 탁자였다.

장호가 자리에 앉자 점소이가 주문을 받았다.

장호는 오랜만에 돼지고기가 먹고 싶어 동파육을 주문하고, 동시에 소면과 죽엽청을 주문했다.

"최대한 빨리 가져다 드리겠습니다!"

동파육.

본래라면 주문한다고 바로 나오는 요리는 아니었지만, 이런 대형 객잔의 경우 미리 재워둔 동파육의 재료가 있다.

본래는 만드는 데 거의 2일이 걸리는 요리가 동파육이니 소규모 객잔에서는 만들지도 못했다.

'맛은 어떠려나?'

그렇게 한가한 생각을 하며 장호는 요리가 나오기를 기다렸다.

그때였다.

털썩!

장호의 앞에 누군가 앉았다.

"장호 맞나?"

장호가 바라보니 말끔하게 생긴 청년이다.

장호의 또래로 보이는 미남자.

다만 복색이 거칠었다.

낭인이 입을 법한 낡은 옷을 입었고 적수공권인 자였다.

"맞아. 그러는 너는?"

"사대호법의 일좌. 남방의 독선이라고 하지."

"독선(毒仙)? 거창한데?"

"이래 봬도 현경에 이르러 환골탈태와 반로환동을 한 몸이니까."

현경!

"거물이로군. 그래서 기척을 느끼지 못했나?"

장호는 태연하게 대답했다.

상대는 분명 거물이다.

그리고 장호로서도 생사를 장담할 수 없는 절대고수였다.

애초에 수준을 가늠할 수 없다는 것은 상대가 자신과 동급이거나 더 강하다는 의미.

그것은 이 강호에서 위험하다는 징조가 분명했다.

"아직 화경에도 이르지 못한 것처럼 보이는데… 그런 정도로는 내 기척을 느끼는 것은 어렵겠지. 그나저나 자네는 왜 우리를 적대하나?"

"그걸 물으려고 왔나?"

"아까우니까. 자네의 행동은 우리와 비슷한 점이 많아."

"비슷하다고? 어떤 점이?"

"만민의 행복을 바란다는 점에서."

독선이라고 스스로를 밝힌 사내의 말에 장호는 잠시 그를 보았다.

"진심이로군."

"진심이지."

"기괴하군. 비밀결사 같은 그대들이 만민의 행복을 바란다? 기괴해."

"금마장주와 회동할 적에 그에게서 이야기를 듣지 못했나?"

"은룡문에 대해서만 들었지."

"그럼 우리 이야기를 좀 할까? 옛날에 말이야, 배화교가 있었어. 들어봤나?"

"전설의 마교로군. 그런데?"

"그런데 배화교 외에도 다른 집단이 여럿 있었다네. 흔히 밀주법문이라고 부르는 자들인데… 뭐 여러 가지가 있지. 모산파도 그중 하나이고."

그의 이야기 와중에 식사가 나왔다.

"여기 잔 하나랑 젓가락 하나 더 주게."

"예, 손님."

그는 자연스레 주문을 했다.

그러고는 태연하게 음식을 집어 먹었다.

장호 역시 음식을 먹으며 이야기를 들었다.

"쩝쩝. 이거 맛이 괜찮군. 그나저나 어디까지 얘기했더라?"

"밀주법문."

"아, 맞아. 밀주법문 이야기 했지? 우리는 황밀교라고 이름을 가지고 있지만 사실 종교 단체가 아닌 연맹 같은 거야. 여러 집단이 뭉친 거지. 나 역시 그런 집단의 수장 중 하나이고."

"황밀교주는 누군데?"

"글쎄… 오래된 미련 같은 거랄까? 일단 그 노인네 나이가 사백 살이 넘었어. 진환마제 시절에도 살아 있던 작자니까."

"진환마제?"

"진환마제. 사마밀환의 제작자, 그리고 저주받을 새끼지."

독선이라는 자는 이를 부득부득 갈았다.

"원제국의 몰락 시기 배화교와 백련교는 하나가 되었고, 그들이 명나라를 건국하게 만들었다는 건 아나?"

"그 정도는 알고 있어."

"그 당시에 진환마제는 원제국의 성립에 약간 가담했어. 문제는 그 인간이 여러 가지로 난장을 피웠다는 거야."

"난장?"

"말 그대로. 난장이지. 제 기분 내키는 대로 행동하는 인간이었으니까. 그렇지 않아도 살천마제의 혈사에서 살아남은 이가 거의 없어서 겨우겨우 명맥을 이어오고 있었는데……."

장호는 그의 말을 들으며 눈살을 찌푸렸다.

"그래서 그게 나와 무슨 상관이지?"

"살아남은 우리는 한 가지 계책을 생각해 냈다. 우리가 더 이상 그대로 당해서는 안 된다고 생각했거든."

그는 동파육을 집어 먹으며 말을 이었다.

"뭐, 간단한 거지. 우리가 악인이 아닌 선인이 되는 거야."

"허?"

"그렇다고 해서 우리가 딱히 악인이었던 것은 아니지만 그렇다고 선인도 아니었지. 그래서 이제 우리는 선인이 되기로 했다. 우리의 생존을 위해서."

"그게 무슨 소리지?"

마치 선인이 아니라면 죽게 된다는 소리이지 않은가?

"너는 모르는 모양이로군."

"무엇을?"

"이 세계는 이미 살천마제라는 존재에 의해서 한번 약화되었다. 그 이후 노동신공의 전승자인 단삼과 진환마제에 이어서 조율당하고 있지. 가장 큰 문제는 노동신공의 마지막 전승자이자 노동제일문의 문주인 단삼이라는 작자이다."

그는 두 눈에서 시퍼런 안광을 줄기줄기 흘려내기 시작했다.

"그자가 강제로 이 세상을 선의로 점철하려고 들고 있다는 것을 알고 있나? 그는 선에 속하지 않은 자가 큰 힘을 가질 경우 배격하고 배제하고 있지. 그 결과 많은 이가 죽었다. 그것은 결코 옳은 일이 아닌 것을."

장호는 대체 이자가 무슨 이야기를 하는지 알 수가 없었다.

노동제일문?

은룡문의 전신이라는 신비문파를 말하는 것인가?

그런데 그 문주인 단삼이라는 자가 세상을 조율하고 있다고? 어떻게?

"후후후후, 너는 아직 이 이야기를 믿지도, 이해하지도 못하겠지."

"솔직히 허황된 이야기 같군."

"천리라는 거다. 하늘의 그물은 아무리 헐겁다 하여도 그 무엇도 놓치는 법이 없다고들 하지 않던가?"

"천망회회 소이불루(天網恢恢 疎而不漏)라……."

"단삼은, 노동제일문주는 천리를 제어할 수 있다. 그의 의지가 이 세계 전체에 퍼져 있음을 아직 너는 모를 것이야."

"천리를 제어한다? 대체 그게 무슨 소리지?"

장호는 그의 말을 아직도 이해할 수 없었다.

천리를 제어한다.

그게 무슨 의미란 말인가?

"네가 현경에 이르지 않는 한 내 말을 제대로 체감하지는 못할 테지. 좋아, 어쨌든 네 녀석이 아까우니 마지막으로 제안하겠다. 본 교에 협력해라. 그렇다면 너의 의선문을 본교를 이루는 십육지파에 넣어주겠다. 의선문이 들어 입교

한다면 십칠지파가 되겠지.”

십육지파.

장호는 이 황밀교라는 집단이 몇 개로 이루어져 있는지 알 수 있었다.

그리고 이 남방의 독선이라는 자는 십육지파 중 일정 세력의 우두머리일 터.

“너의 말을 어찌 믿지? 만민의 행복을 위한다는 그 말조차 수상하기 짝이 없어.”

“물론 그렇겠지. 네가 현경에 들었다면 설득이 쉬웠을 텐데.”

그는 아쉽다는 표정을 지으며 잔을 내밀었다.

장호는 자연스레 그의 잔에 죽엽청을 따라주었다.

“크으, 싸구려 술은 이래서 좋아. 혀가 짜릿하군.”

“그래서 어쩔 셈이지?”

“일단 오늘은 기회를 주지, 의선문주 장호.”

“기회?”

“나는 남방의 독선, 독선이라는 별호가 왜 붙었겠나?”

“독에 자신 있다 이건가?”

“물론 그렇다네. 이 몸은 독으로 일가를 이루었고, 일천사백오십육 가지 독을 섭취했으며, 독혈독기의 경지에 이르렀지. 현경에 이른 독중독인은 심독을 쓸 수 있다는 걸

아나?"

장호는 그의 말이 거짓이 아님을 인정해야 했다.

독중독인, 독혈독기.

이는 독의 절대경지를 일컫는다.

강호사에 이러한 경지에 이르렀다고 알려진 이는 존재하지 않았다.

심독.

그것은 강호에 회자되는 심검과 비등한 경지일 터.

무음, 무색, 무취라고 알려진 사천당가의 무형지독이 이 심독이라고 알려져 있으나 그것이 진실인지는 아무도 모른다.

"한 가지 말해두자면 사천당가의 무형지독은 확실히 강호의 절대지독이지만 심독에 비하면 반 수 아래라네."

"그래서… 무슨 기회를 주겠다는 거지?"

그러자 사내는 씨익 웃어 보였다.

"너는 이미 심독에 중독되었어. 내버려 두면 죽겠지."

"살려줄 테니 밑으로 들어오라는 거라면 실망인데."

"저잣거리의 왈패도 아니고 그런 짓을 할 정도로 내가 한가한 사람은 아니야."

그가 어깨를 으쓱였다.

"스스로 심독을 이겨내고 살아남아 봐. 그게 내가 주는 기회야. 만약 네가 살아남는다면 현경이 되어 있겠지. 그렇다면 내 말의 뜻을 이해하게 될 거야."

그는 그리 말하고서 자리에서 일어섰다.

"밥은 맛있게 먹었네. 값은 자네가 계산해 주게나."

"치사하군."

"원래 얻어먹는 이들은 치사한 법이지. 그럼 또 보세나."

미청년의 사내가 휘적휘적 걸어 나갔다.

장호는 그를 노려보았다.

이미 그의 내부는 화산처럼 끓어오르고 있는 중이었다.

심독!

전설에나 회자되던 것에 중독될 줄이야!

게다가 황밀교에 심독에 이른 이가 있을 줄이야.

"큭."

현경에 오른 이라고 해도 자신을 단번에 죽일 수는 없다고 생각했다.

그 말은 맞는 말이다.

실제로 직접적으로 싸웠다면 현경에 오른 이만이 만들 수 있다는 강환도 어느 정도 견디어낼 테니까.

그러나 심독이라니.

이는 예상치 못한 변수였다.

장호는 비틀거리면서 자리에서 일어섰다.

그러고는 비지땀을 흘리면서 음식값을 계산하고 그대로 객잔을 나섰다.

근처의 숲, 장호가 가는 곳은 인적이 없는 장소였다.

*　　　*　　　*

몸의 안쪽 심장에서부터 열기가 타오르고 있다.

언제 어떻게 심장에 자리 잡았는지는 알 수가 없으나 그 열기는 지독한 고통을 장호에게 지속적으로 강요하고 있었다.

또한 이 열기는 장호의 육신을 갉아먹으며 죽이고 있었다.

중독된 부위는 변색되는 게 보통이다.

왜 그런 것일까?

살점이 죽기 때문이다.

몸에 붙어 있다 할지라도 죽은 살점이 되어버리면 그것은 떼어내야 한다.

그렇지 않으면 주변의 살아 있는 부위를 썩게 만드니까.

독에도 그런 힘이 있다.

그런데 이것은 전설상의 심독이니 그 위력이 오죽하랴.

게다가 심장에 자리 잡은 채로 심장을 죽이려고 들고, 전신으로 흐르는 피에 섞여 몸 전체로 퍼져 나가고 있다.

지독하다.

보통 사람이라면 눈을 세 번 깜빡이는 사이에 피를 토하고 죽으리라.

그러나 장호는 죽지 않았다.

진기로 막아낸다는 강호의 진부한 내가요상술 때문이 아니다.

이 심독은 그런 것으로는 막아낼 수 없는 위력을 지녔으니까.

심독을 막아내고 있는 것은 그런 요상술이 아니었다.

순수하게 장호의 몸 내부에 존재하는 힘 때문이었다.

선천의선강기!

그 힘이 생명력 자체를 북돋우며 독기를 막아내는 중이다.

그렇지 않았다면 이미 심장은 타들어가 즉사했으리라.

"후……."

입에서 흘러나오는 숨결이 마치 불길처럼 뜨거웠다.

펄펄 끓는 물의 수증기처럼 뜨거운 열기가 입에서 토해져 나왔다.

보통 사람이라면 입안이 익어버렸을 정도의 열기다.

그러나 선천의선강기는 그러한 열독의 힘을 약화시키고

있었다.

아니, 약화시키는 게 아니다.

싸우고 있다.

몸 내부에서 장호의 생명력과 열독이 싸우고 있었다.

잡아먹느냐, 먹히느냐의 싸움이다.

그리고 장호는 고통과 혼몽 속에서 그 내부의 움직임을 자세히 관찰했다.

그것은 신기한 경험이었다.

한평생 의술에 몸담아 온 장호에게도 이것은 처음 겪는 일이다.

너는 왜 그렇게 나를 죽이려 하는 거냐?

장호는 심독에서 파생되는 그 죽음의 기운을 느끼며 의문을 느꼈다.

그러다가 문득 깨달았다.

살아 있다.

저 독은 살아 있는 거다.

독이란 무엇인가?

사실 여러 가지를 독으로 지정하고 있지만 그 근본을 따져 보면 별게 아니다.

몸에 해를 주는 것, 그것이 독이다.

어떤 것은 먹으면 몸에 해를 가져온다.

그게 독이다.

그렇다면 그것들은 왜 해를 끼치는 것인가?

살기 위해서다.

삶을 위해서다.

마치 삶과 같다.

살기 위해서는 싸워야 하고, 때로는 적을 쓰러뜨려야 한다.

이기고 죽인다.

그럼으로써 자신이 살아남는다.

그러한 이치이다.

심독은 주변의 생기를 먹어치우고 자신의 세를 불리려 들었다.

즉 자기 자신을 계속해서 늘리며 살아남으려는 것이다.

물론 그렇다고 해서 이 독이 끝까지 살아남을 수는 없다.

숙주인 장호가 죽으면 이 독기 역시 사라지고 말 테니까.

하지만 그것은 고차원적인 생각이다.

독이란 살아 있지만 원시적인 생명체이기에 그렇게까지 생각하고 움직이지 않는다.

때문에 독은 그저 자신을 끊임없이 불리는 것뿐이다.

그것이 설사 궁극적으로 파멸을 불러올지라도.

그런 독의 습성을 보며 장호는 삶이란 무엇인가 생각했다.

생존이란, 삶이란 무엇인가?

생명이란…….

왜 삶에 집착하는가?

그리고 불현듯 깨달았다.

그렇게 태어났다.

생명은 삶에 집착하도록 만들어졌다.

누군지 모를 위대한 무언가가 생명을 창조하며 그리 만들었다.

동시에 장호는 선천의선강기가 무엇인지도 연달아 알게 되었다.

"삶에 대한 의지인가."

살아남아라.

그 무엇도 너를 해하지 못하게 하라.

말은 곧 의지가 된다.

장호가 그 의지를 깨달은 순간 상단전, 중단전, 하단전이 반응했다.

그의 몸 안에 가득한 선천의선강기의 진기는 그의 의지와 격렬하게 하나로 합쳐져 갔다.

쾅!

그의 몸 안에서 폭발이 일었다.

이미 선천의선강기에 의해 진화하고 강인하게 변모한 그

육신이 한차례 더욱더 가열하게 변화를 시작한 것이다.

그와 동시다.

장호는 자신의 몸 내부 전체를 완전히 관조하고 살점 한 조각까지 모조리 느낄 수 있었다.

그의 정신이 무한하게 확장하고 감각이 과거와는 비교도 할 수 없는 수준에 이르는 것을 느꼈다.

심독의 열기는 이미 그 강렬한 생명력의 파동에 집어삼켜졌다.

그것은 더 이상 장호를 위협하지 못하고 장호의 힘 일부로 흡수당했다.

"아아아아아!"

환희에 찬 포효가 장호의 입에서 터져 나왔다.

완전하게 변모한 장호는 키가 일 척이나 커졌다.

이제 팔 척이나 되는 장신이 된 것이다.

그 몸은 빈틈없이 근육에 휩싸여 있어 마치 신이 조화를 부린 것 같은 모습이다.

장호의 옷은 전부 다 찢어져 완벽한 나신이 되었다.

하지만 그런 건 아무래도 좋았다.

생육선!

장호는 기어코 그 경지에 발을 들이고 만 것이다.

"살아남아라. 그것이 생명 본연의 의지일지니. 하하, 이 이치를 아는 자 천하에 모래알처럼 많거늘……."

장호는 홀로 하늘을 향해 고개를 들었다.

하늘이 푸르고 맑았다.

"변모했다고 해도 황밀교의 그 사대호법이라는 자들을 이기기는 어렵겠지."

그는 조용히 중얼거렸다.

그에게 심독을 심고 사라진 자, 그에게 그 심독은 진신절기가 아닐 것이다.

심독은 어디까지나 그가 현경에 이르며 얻게 된 것에 지나지 않을 터, 진짜는 다르다.

생사를 놓고 겨룬다면 필패하게 되리라.

또한 무림맹에는 승산이 없음도 알 수 있었다.

선검문의 전인 진무룡이 현재 어떤 경지인지는 모르나 그가 현경에 이른 것은 아닐 테니까.

사대호법이라고 했다.

그렇다면 그와 동급의 강자가 적어도 세 명은 더 있는 셈이며, 황밀교의 교주는 그들보다도 더 강할 것이다.

강호 무림의 세력에서 우두머리는 언제나 가장 강해야 했으니까.

그러나 천하십대고수 중에서 현경에 이른 이가 얼마나 되는지는 불확실했다.

그나마 구지신개가 유력하다.

"문제로군. 황밀교의 수뇌부를 천하십대고수들이 이겨낼 수 있을까."

장호는 잠시 그런 고민을 하다가 일단 움직이기로 했다.

어쨌든 지금이라면 단번에 적들에게 죽을 정도는 아니다.

그 정도면 되었다.

심독이 전화위복이 되었으니까.

아마 독선이라는 자는 장호를 시험한 것일 터다.

장호가 심독을 이겨내어도 좋고 그렇지 않아도 좋다고 생각한 것.

그리고 심독을 이겨낸다면 그의 말마따나 진짜로 영입할 것을 제안할 것이다.

"독선."

장호는 알몸으로 하늘을 보았다.

시간은 어느덧 밤이고, 날은 아직 차가웠다.

"어디 해보자."

장호는 어둠 속으로 사라졌다.

第四章

진기

천지만물에 기가 존재하니
이 기를 자유자재로 다룬다면
신선이나 다를 바가 없으리라.

허황된 이야기

장호는 빠르게 남진하지는 않았다.

그의 육신이 진정 생육선의 수준에 이른 것은 맞지만 그것은 아직 초입일 뿐이다.

생육선.

그것이 무엇을 의미하는지 이제 알았다.

그리고 동시에 장호는 우화등선이 무엇인지도 어렴풋이 깨달았다.

도가에는 전설적인 이야기가 있는데, 바로 원영신에 대한 것이다.

사람의 혼백이 수행을 통하여 천지와 교류하게 되면 원영신이라는 것이 만들어진다.

이 원영신을 이루는 순간이 바로 인간이 신선이 되는 순간이다.

원영신을 이루게 되면 육신은 한낱 껍데기에 불과하게 된다고 하는데, 시해선이 바로 이런 것이다.

애초에 세상에는 귀신이라는 존재가 있고, 죽은 이의 혼백이 세상에 돌아다닌다고 알려져 있다.

실제로 사악한 술법사들은 혼백을 강제하여 부리기도 한다던가? 그러나 원영신을 이룬 존재는 단순한 혼백이 아니었다.

물론 장호도 원영신을 본 적이 없고, 이 이야기도 여러 가지 자세한 정보가 빠져 있어서 실재하는지 알 수가 없다.

그러나 이러한 이야기를 일단 사실이라고 전제한다면 반대로 생육선이 설명이 된다.

생육선의 단초는 바로 삶에 대한 갈망이다.

태어난 모든 존재는 생존을 갈망하고 죽음을 회피한다.

원영신이 혼백으로서의 완성이라면 생육선은 육신 그 자체로서의 완성이다.

불로불사를 이루는 길.

살아 있는 육신을 가지고서 신선과 같은 존재가 되는 법.

그것이 생육선이다.

그리고 그것은 바로 육신의 모든 것을 전부 의지의 통제하에 두는 것에서부터 시작한다.

장호는 심독을 이겨내며 육신의 모든 것을 깨달은 것이다.

그것은 장호가 천하제일의 의술을 가졌기 때문에 가능한 일이기도 했다.

이로써 장호는 자신의 신체를 마음껏 재조정할 수 있는 경지에 이르렀다.

예를 들어 머리카락을 평소보다 다섯 배 이상 빠르게 자라나게 한다거나 잘린 손가락을 다시 자라게 하는 것이 가능해진 것이다.

즉 장호는 완연하게 스스로의 주인이 되었다.

대저 사람이라고 할지라도 자신의 육신에 대해서 완전히 아는 게 아니다.

그랬다면 질병에 걸려서 죽는 이가 없었을 터.

그러나 장호는 이제 그게 가능했다.

심지어는 인간에게 없는 감각기관도 만들어낼 수 있을 정도였다.

게다가 또 하나가 달라졌다.

바로 내단이 어마어마하게 압축된 것이다.

본래 주먹 두 개를 합친 크기였으나 지금에 와서는 그 크기가 손톱만큼 작아졌다.

그러나 그 단전에 모여 있는 힘은 정확히 사 갑자를 돌파하여 오 갑자에 이르고 있었다.

이제는 심독도 통하지 않는 진정한 금강불괴지신이 되었으니 천하무적이라는 말에 어울릴 것이다.

그러나 장호는 지금의 상태로도 사대호법을 이긴다고 장담하지 못했다.

그들이라면 이 금강불괴지신을 파괴할 무공을 갖추고 있을 터.

그렇다면 장호 자신도 진기 제어에 대한 무리를 익혀야 했다.

생육선의 초입에 이르고 화경에 이른 듯하지만 그럼에도 장호는 아직 강기를 만들지 못하고 있었다.

육신이 초월적으로 변했다고 해도 이것은 별개의 문제니까.

그래서 장호는 천천히 이동하면서 신공절학을 얻을 방도에 대해 고민하기 시작했다.

그리고 답을 찾았다.

익히기 어렵고 주화입마에 들 가능성인 높은 무공이라면 쉽게 구할 수 있지 않을까?

실제로 그런 무공이 없는 게 아니다.

마혈신외공도 그런 종류의 무공이 아닌가? 믿을 수 없을 정도로 강력해진 육신이라면 그런 부작용을 충분히 견디고도 남음이 있다.

부작용을 견딜 수 있다.

아니, 무시할 수 있다.

그렇다면 마공절학도 익힐 수 있다.

혹은 미완성의 무공도 익힐 수 있다.

장호는 머릿속으로 전생과 현생을 통틀어 들은 여러 가지 무공을 떠올렸다.

그리고 현재 장호 자신에게 가장 걸맞은 무공을 찾아냈다.

"도가비상현천, 그게 있었지."

도가비도상도(道可道非常道).

노자가 말했다는 이 유명한 문구에서 따와 도가비라는 단어가 붙은 이 무공은 곤륜파에서 나온 것이다.

익힌 이 전원이 내공이 일 갑자가 넘는 순간 주화입마에 빠져들었다는 마공.

그러나 이 무공을 제대로 익힌 자는 신선이 된다고 알려져 있다.

실제로 곤륜금선이라는 이가 육백여 년 전 강호사에 나

타난 적이 있는데 누구도 그의 일수를 막지 못했다고 했다.

곤륜파의 진신절학이지만 사백 년 전 천하제일신투로 알려진 무영신마가 훔쳐 내어 강호에 퍼져 나간 이후 무수히 많은 희생자를 양산했다고 한다.

"그것이라면……."

흑점에 있을 것이다.

아니면 제갈세가에 있을 수도 있다.

아니, 화산파에 있을 수도 있었다.

장호는 우선 흑점으로 가기로 했다.

*　　*　　*

"살아남았다고? 이야, 대단한걸."

"쓸데없는 일을 했소."

"하지만 흥미롭잖아. 진짜 사마밀환의 주인인지 혹은 진환마제의 후인인지 알고 싶지 않아?"

시야가 탁 트인 높다란 전각.

그 꼭대기 층에 마련된 별실에 네 사람이 앉아 있다.

한 명은 여성이고 다른 세 사람은 남성이었다.

다들 젊은 청년의 외형을 하고 있으나 이들 모두는 그 나이를 짐작하기 어려운 자들이었다.

선이 굵직한 사내는 팔짱을 끼더니 말을 이었다.

"그가 강해지면 본 교는 피해를 볼 거요."

"그러든가 말든가. 아무래도 상관없지 않나?"

스스로를 남방의 독선이라 밝힌 청년이 어깨를 으쓱였다.

그는 아무래도 좋다는 태도였다.

"어차피 많은 이가 죽어. 누르하치가 내려오면서 얼마나 많은 사람이 죽을 거라고 생각하나? 적어도 오십만 명 이상은 직접적으로 죽을걸. 간접적으로 죽고 다치는 이가 수백만 명은 넘을 거라고."

명제국의 인구는 수천만 명을 헤아린다.

그런 거대한 제국이 무너지는 동안 죽거나 다치게 될 이는 족히 수백만에 이를 것이다.

전쟁에서 죽는 이는 수십만 명 정도겠지만, 사실 그 외의 이유로 죽는 이는 열 배는 넘을 터.

이유는 명제국이 썩었기 때문이다.

전쟁에서 지고 있다는 소식이 알려지면 천하 각지의 치안이 무너진다.

그리되면 도적으로 변모하는 이가 속출하고 서로가 서로를 죽이고 빼앗는 지옥도가 펼쳐질 것이다.

누르하치의 새로운 왕조, 혹은 황조가 열리기 전까지 그리되리라.

이들은 그걸 알고 있었다.

그리고 그것을 부추기고 있었다.

그렇다면 이들이 악일까?

"차라리 누르하치를 죽이자니까. 그럼 편하잖아."

남방의 독선, 그리고 선이 굵직한 사내의 좌측으로 앉은, 선이 가늘고 유려한 미공자가 말했다.

따분한 표정을 하고 턱을 괴고 앉은 그는 다시금 입을 움직였다.

"누르하치가 죽으면 이놈의 나라가 아무리 썩었다고 해도 쉽게 무너지지는 않는다고. 그러면 수백만 명이 죽을 일도 없어. 그사이에 동창 제독 놈도 죽이고, 그 뭐더라? 여하튼 썩은 놈들 다 죽이면 깨끗해진단 말이야."

"그건 금기잖아요. 직접적인 개입은 하지 못하도록 되어 있으니까."

그런 미공자의 말에 여성이 딴지를 걸었다.

입술 아래에 점이 하나 있는 섹시한 요부 모습의 여인은 느긋하게 말을 이었다.

"게다가 우리가 이미 누르하치를 돕고 있는 것도 반은 금기를 어긴 거니까요. 여기까지는 괜찮아요. 하지만 이 이상 움직인다면……."

"알아, 알아. 그 망할 놈의 제재가 떨어지겠지."

미공자는 여전히 짜증 난다는 얼굴이 되었다.

"제길. 더러워서 경계를 넘든가 해야지 원."

"낙천자가 되겠다는 말인가요? 그렇다 할지라도 그의 제재를 넘을 수는 없다는 걸 아시면서."

"알아, 안다고! 그래도 이렇게 갑갑하지는 않겠지!"

미공자가 버럭 소리를 질렀다.

"쳇. 게다가 반선이 된다는 게 말처럼 쉽나. 그랬으면 이미 나는 이 자리에 없었을 거다."

"그렇겠지."

독선이 말을 받아주었다.

"반선지경, 말이 쉽지. 그랬다면 우리가 모일 일도 없었을 거다."

네 사람은 알 수 없는 대화를 나누었다.

"그래서 어쩔 거야? 그 녀석이 우리를 방해할 텐데."

미공자가 삐딱한 어조로 묻자 독선이 웃었다.

"방해? 무슨 방해?"

"이자성의 일에 끼어들려고 할 거야."

"하하하하하, 방해하면 더 좋지."

독선이 웃었다.

"우리를 방해하려고 든다면… 그는 보게 될 거야."

독선의 웃음은 무저갱같이 질척했다.

"현세의 지옥을."

*　　*　　*

장호는 하남성에 들어섰다.

소림사의 권역인 하남성.

때문에 여기저기 소림의 속가제자가 차린 업소들이 즐비했다.

그런 하남성 안에 흑점이 자리한 곳이 있다.

바로 정주라고 하는 도시다.

장호는 정주로 이동했고, 흑점을 찾았다.

"어서 오십시오, 문주님. 오신다는 소식은 이미 들었습니다."

하남성 흑점의 점장이라고 스스로를 소개한 중년 사내가 읍을 해왔다.

장호는 그런 사내를 물끄러미 바라보았다.

흑점이 황가의 산하 조직인 것은 이미 잘 알고 있는 장호였기에 이 사내가 어디서부터 자신의 이동에 대한 정보를 들었는지 짐작하는 것은 쉬운 일이었다.

동창이리라.

그나저나 전란의 와중에도 흑점이 버젓이 운영되고 있을 줄이야.

그거 하나만큼은 신기했다.

"내가 올 것을 알고 있었소?"

"점주께서 미리 소식을 보내셨습니다."

황녀가?

장호는 잠시 생각했다.

그녀가 왜?

"필요한 무공이 있소."

"어떤 것입니까?"

"도가비상현천공."

장호의 말에 점주의 안색이 딱딱해졌다.

"그 저주받을 무공을……."

"있소?"

"때마침 본점에 비치되어 있습니다. 가격은……."

"본 문의 이름으로 된 금마전장의 전표를 주겠소."

"알겠습니다."

세상에서 가장 돈이 많다는 곳이 금마장이다.

그리고 금마장에 버금가는 부를 빠르게 쌓고 있다고 평가되는 곳이 바로 의선문이다.

의선문주의 말에 그는 잠시 장호를 기다리게 하고는 묵

빛의 검은 상자를 하나 가져왔다.

"이 도가비상현천공은 흑점 중 다섯 곳과 본점에밖에 비치되어 있지 않습니다. 워낙 찾는 분이 없어서……."

본점이란 필시 황궁비고이리라.

"고맙소."

장호는 도가비상현천공을 챙겼다.

"혹시 진기 전문의 무공들이 있소?"

"현재 본점에는 신공절학급의 무공서 하나가 있고, 상승절학 중에는 다섯 개, 절정무학에서는 열여덟 개가 있습니다."

"다 주시오."

"알겠습니다."

장호는 추가로 다른 무공들도 싹 쓸어 챙겼다.

이것들을 연구한다면 도움이 되리라.

원영신의 비밀을 밝힌다면 생육선의 초입에 다다른 장호에게 더 높은 경지로 올라갈 수 있는 단초가 있으리라.

장호는 흑점에서 무공서를 챙겨 나섰다.

그런 장호의 모습을 흑점의 점장은 조용히 바라보았다.

"흑점은 모두 철수한다."

"예, 점장님."

그리고 그들은 사라지기 시작했다.

*　　*　　*

도가비상현천공, 그리고 태양열신공.

이 두 가지가 바로 신공절학급의 무공이었다.

태양열신공은 이제는 잊혀 사라진 태양신궁의 비전절기다.

이게 흑점에 있을 줄이야.

그러나 장호는 그것보다도 도가비상현천공을 먼저 꺼내 들었다.

그리고 그것을 읽으며 길을 걸었다.

"음……."

장호의 육신은 이미 최상의 형태로 진화되어 있다.

때문에 장호는 주욱 읽어 내려가면서 도가비상현천공의 모든 것을 외워 버렸다.

화르륵.

그리고 장호의 손에서 불길이 일어나 책을 태워 버렸다.

내용을 모조리 암기하였으니 책은 필요가 없어진 것이다.

장호는 이어 태양열신공을 꺼내어 들고 읽어 내려갔다.

그리고 역시 모조리 외운 이후 없애 버렸다.

다른 책들도 마찬가지였다.

벽뇌기공, 삼독혈공, 연상진기, 칠벽호신기, 대력장공.

상승절학 다섯 개를 그 자리에서 주욱 읽고는 그대로 태워 버렸고, 그 이후로도 절정무공까지 모두 읽었다.

모두가 진기를 주로 이용하는 무공이었다.

벽뇌기공은 벽력진기라고 하는 뇌기를 사용하고, 삼독혈공은 세 가지 독을 사용하여 독기를 만든 이후 사용하는 무공이었다.

연상진기는 진기 자체를 사용한 운기요상결이었고, 칠벽호신기는 진기를 이용하여 몸을 보호하는 호신기의 무공이었으며, 대력장공은 장법이면서 진기를 사용하는 무공이었다.

뒤이어 읽은 것들은 한 단계 낮긴 해도 여러 가지가 있었다.

검기, 권기, 장풍, 지풍 등을 사용하는 무공들이다.

장호는 그것들을 모조리 읽고 난 후 자신이 최근 무공 수련을 등한시했음을 깨달았다.

무의 세계란 이렇듯 깊고 넓은 것을.

게다가 도가비상현천공과 태양열신공은 그 위력이 다른 무공과는 차원이 달랐다.

태양열신공은 극양진기의 신공절학으로 적혀 있는 무리

를 모두 습득하여 익힌다면 일수에 금속을 녹여 버릴 정도였다.

그러나 도가비상현천공은 무언가 달랐다.

애초에 이게 무서라고 할 수 있는 것일까 싶을 정도였다.

도가비상현천공은 세상의 이치를 도(道)라는 것에 의거하여 표현하고 있었고, 상단전을 개화하여 천지자연과 교류하는 것을 기본으로 했다.

이미 시작부터 미치기 딱 좋은 무공이었다.

상단전이란 뇌를 뜻하고, 그 안의 백회혈이 열려야만 상단전이 개화된다고 볼 수 있다.

그런 백회혈로 진기를 받아들인다면 뇌에 과부하가 걸려 백치가 되거나 미칠 수가 있다.

그렇다고 해서 이 도가비상현천공에 뇌를 보호하는 특별한 어떤 진기 도인법이 있는 것도 아니었다.

이러니 미완의 무공이며 백이면 백 주화입마에 걸리지.

문제는 이게 진짜 황홀하다는 데 있었다.

뇌, 상단전.

백회혈은 그 통로다.

이를 통해 진기를 받아들이기 시작하면 알 수 없지만 기분이 엄청나게 황홀해지는 기분이 든다.

이는 사실 뇌에 직접적으로 진기가 작용하면서 생기는

부작용이지만, 그걸 아는 이가 있을 리 없다.

하지만 장호는 추측해 냈다.

그의 높은 의술은 뇌가 여러 가지 기능을 하고 있음을 알기 때문이다.

"우선은 도가비상현천공을……."

도가비상현천공을 이용하면 너무나도 느리게 모이는 선천의선강기 역시 아주 빠르게 늘릴 수가 있다.

현재 사 갑자를 넘은 진기의 양을 어마어마한 속도로 불릴 수 있는 것이다.

그뿐이 아니다.

도가비상현천공에는 진기를 다루는 무리가 다수 있었다.

그것들은 신묘해서 이걸 수련하기만 해도 장호의 전력이 급상승할 것이다.

장호는 객잔의 방 안에 가부좌를 틀고 앉았다.

도가비상현천공의 모든 내용이 장호의 머릿속에서 다시금 되새김질되었다.

화아아아악!

그리고 드디어 장호는 백회혈을 열었다.

천지간의 기운이 백회혈로 몰려들었다.

그것이 단번에 뇌로 들이부어지고, 그것은 뇌 자체를 어루만졌다.

동시에 장호는 그 기운이 뇌에 어떤 작용을 하는지 바로 알아차렸다.

이미 생육선의 초입에 들어 육신의 아주 작은 변화도 제어할 수 있기 때문에 가능한 일이다.

기가 육체에 적용될 때 어떤 일이 벌어지는가? 장호는 그에 대해서 강호의 그 누구보다도 잘 알고 있었다.

그러나 뇌에 대해서는 장호도 아는 바가 없었다.

그의 육신은 이미 충분히 바뀌었고 강인하게 변모했다.

뇌 역시 보통의 사람을 능가하는 수준으로 발달되어 있었다.

그런데 지금 다시금 뇌에 변화가 오기 시작했다.

그 변화는 꽤나 빨랐다.

뇌에 기운이 듬뿍 들어가며 뇌 전체가 활성화되는 것을 느낄 수 있었으니까.

동시에 장호는 간질간질한 느낌을 받았다.

기다.

기가 느껴지고 있다.

본래 기감은 무인이 되기 위한 필수 사항이다.

그러나 그 기감이라는 것은 육신을 기본으로 하는 것.

즉 육신에 기를 느끼는 감각이 추가되는 것이 바로 기감의 정체이다.

그 결과 무인들은 몸 내부 기운과 피부를 통해서 접촉되어 오는 기운을 느낄 수가 있다.

그러나 지금 장호는 그 자신의 기감이 확장되는 것을 알 수 있었다.

뇌다.

뇌가 변화하면서 새로운 감각을 그에게 주고 있는 것이다.

기를 매개로 해서 원거리의 것들을 느낄 수 있는 능력.

공간기감력이라고 불러야 할까?

그걸 깨닫는 순간 장호는 무언가를 보았다.

무한하게 흐르는 천지자연의 거대한 흐름을 느낀 것이다.

"하, 하하하하!"

천지는 이토록 많은 기운 속에 있었던가? 내 육신 안의 몇 갑자라는 기운은 얼마나 보잘것없는 것이었던가?

장호가 손을 쥐었다.

무언가를 알 것 같은 기분이 들었다.

그리고 손을 편 순간 장호는 확실히 알 수 있었다.

'이것이 진기, 그리고 바로 세상.'

화아아악!

주변의 물건들이 덜컹거렸다.

장호의 생육선에 이른 육신으로 천지자연의 기운이 빠르게 모여들었다.

그것은 비어 있는 육신을 채워 나갔다.

동시에 장호가 손을 부드럽게 뻗자 손에서 만근의 바위를 가루로 만드는 거력이 쏟아져 나왔다.

그것은 다시 장호가 반대쪽 손을 휘두르자 소리도 없이 사라졌다.

장호는 무아지경에서 손을 움직이고 몸을 움직였다.

이윽고 장호가 눈을 떴다.

"도가비상현천공, 확실히 보통 이가 익혔다가는……."

장호는 자신의 손을 내려다보았다.

확실하게 화경에 이르렀다.

게다가 선천의선강기가 엄청나게 늘어나고 있었다.

자연스레 주변의 진기를 빠르게 잡아당겨 축적하고 있기 때문이다.

이 속도라면 하루에 적어도 1년을 연공해야 얻을 수 있는 공력을 얻을 것이다.

그리고 그 한계치는 이 육신이 담을 수 있는 수치.

약 십 갑자.

장호는 그 정도면 그의 육신에 더 이상 기가 담기지 않음을 알 수 있었다.

하지만 아무래도 좋았다.

"아직 모자라다."

그러나 상대는 현경에 이른 자다.

생육선의 육신을 얻고 화경에 이르렀다고 해도 모자라다는 것을 장호는 알고 있다.

그렇다면 역시 원래의 계획대로 싸워야 할 필요가 있다.

지금 새롭게 얻은 이 힘과 능력을 정리하기 위해서도.

第五章

사람들

사람은 사람과의 관계를 끊을 수 없다.
때문에 사람은 늘 외로움을 느끼게 된다.

심리

남쪽으로 갈수록 날은 더워졌다.

물론 그런 건 아무래도 좋았다.

장호에게 기온은 중요한 문제가 아니니까.

장호는 홀로 남으로 향하면서 황밀교의 습격을 받지 않았다.

그것은 확실히 기이한 일이었고, 장호는 그들의 의도를 어느 정도 알 수 있었다.

오라는 것이다.

저 남쪽 이자성의 반란 지역으로 장호를 초대하고 있는

것이다.

그것은 일종의 예감이고 직감이었다.

장호는 숲길을 걸으며 생각에 잠겼다.

“육신통이 열리는 건가.”

육신통(六神通).

도가나 불가를 막론하고 경지에 이르면 얻을 수 있다는 반선의 능력이 육신통이라고 알려져 있다.

실제로 이 육신통을 아예 타고난 이도 존재하고 현실에 살고 있기도 했다.

예를 들어 강호제일의 추적꾼이라고 알려진 통이귀 소경이라는 자가 있다.

무공은 이류 언저리로 별 볼 일이 없지만, 이 사람은 천이통(天耳通)을 타고나 근방 오 리의 소리를 전부 들을 수 있었다.

이렇듯 육신통 중 몇몇 개는 실존하는 것으로 알려져 있는데 그 종류는 이러하다.

신족통(神足通), 어디든 마음대로 갈 수 있는 능력이다.

일종의 축지술과 연관이 있다고 하는데 진실은 알려진 바가 없다.

천안통(天眼通), 거리를 무시하고 장애물을 꿰뚫어 그 내부를 볼 수 있다.

천이통(天耳通), 거의 대부분의 소리를 들을 수 있다.

타심통(他心通), 타인의 마음을 들여다볼 수 있다.

숙명통(宿命通), 나와 남의 전생을 알 수 있다.

누진통(漏盡通), 번뇌를 모두 끊어낸 일종의 해탈의 경지이다.

이 누진통을 얻으면 기억을 가진 채로 환생이 가능하다고 한다.

이렇듯 기괴한 능력들이 바로 육신통인데, 장호는 이미 천이통의 경지에 이르렀다고 할 만했다.

"음, 육신통에 예지 능력은 없었는데……."

장호는 어떤 감각을 생각하며 앞으로 나아갔다.

일 보에 십 장씩 쭉쭉 나아가니 그 속도가 명마보다 빨랐다.

절정에 오른 경공.

이는 도가비상현천공을 수련하며 알게 된 여러 가지 진기 운용법을 운용한 결과이다.

다리를 움직임과 동시에 진기를 사용해 폭발력을 만들고 그 반동으로 앞으로 나아가는 것이다.

본래라면 진기로 다리를 보호해야 하기 때문에 진기 소모가 많지만 장호의 육신은 금강불괴지신이라 보호할 필요가 없었다.

그 결과 생각보다 적은 진기의 소모로 이런 속도로 달리는 것이 가능했다.

그렇게 달려 나가던 장호의 귀가 쫑긋거렸다.

캉! 카캉!

병장기 충돌하는 소리가 들려온 것이다.

"동쪽."

장호는 잠시 생각했다.

이미 하남성을 넘어 호북성에 도착한 상태이다.

이자성은 광동성에서 반란을 일으킨 바, 장호는 호북의 아래인 호남성까지 넘어야 한다.

호남성 아래가 광동성인 까닭이다.

현재 호북성은 무림맹의 영역.

사파도 없는 곳이고 현재 무림연합군이 만들어져 남진한 까닭에 이곳에 분쟁이 있기가 어렵다.

그런데 들리는 병장기 충돌음이라니.

파팟!

장호는 빠르게 움직였다.

그리고 소리가 들린 곳에 가보니 복면을 쓴 무리와 다섯 명 정도의 어린아이가 싸우고 있다.

아니, 어린아이가 아니다.

대부분이 스무 살 정도의 젊은 무인들이다.

생각해 보면 장호의 나이도 아직 서른이 안 되었다.

전생의 나이와 합치면 쉰을 바라보는 나이지만 겉모습은 저들과 또래로 보였다.

젊은 무인들은 제법 강하고 날랬다.

복장이 제각각인 것을 보니 서로 다른 문파나 세가에 속한 젊은이들 같았다.

다만 한 명도 도복 같은 것을 입지 않은 것을 보니 구파일방의 사람은 아닌 듯했다.

아니면 변장을 했거나.

그런 젊은 무인들을 둘러싸고 공격하는 이들은 복면을 했고 검과 도를 썼다.

"사파?"

그들의 무공에서 장호는 사파 느낌을 받았다.

사혈만 노리는 방법 하며 허초나 변초보다는 직접적인 살수를 썼다는 점이 그랬다.

보통 사파에서 저런 무공을 많이 사용한다.

장호는 일단 그들을 제압해 보기로 했다.

못 봤으면 모르되 본 이상 그대로 둘 수야 없는 노릇이 아닌가?

슥.

장호가 손을 뻗었다.

벽뇌기공에서 응용한 장력을 사용할 참이다.

벽뇌기공은 뇌전기를 생성하고 그걸 뿌리면서 싸운다.

뇌전기의 특징은 빠름이고, 이는 보통의 장력과는 궤를 달리하는 속도를 가졌다.

장호는 선천의선강기를 지녔기에 벽뇌기공을 쓸 수 없다.

그러나 그 운영 방식은 사용할 수 있었다.

콰릉!

손에서 천둥소리가 나며 장력이 뿌려졌다.

게다가 그 속도도 벽뇌기공 본래보다는 못하지만 상당히 빨랐다.

퍼펑!

장력은 넓은 범위로 날아갔다.

부채꼴 모양으로 퍼지면서 날아든 장력은 복면인 다섯 명을 뒤에서부터 덮쳤다.

"으아악!"

"크악!"

다섯 명이 비명을 지르며 나가떨어졌다.

그러자 복면인들은 장호의 공격에 빠르게 대처하려는 듯 보였다.

반수가 즉시 몸을 돌리며 장호를 향해 날카로운 병기를

들이밀었다.

하지만 장호는 그런 그들의 행동에 별다른 신경도 쓰지 않고 그 무리 안으로 뛰어들었다.

쐐에에엑!

그들의 검과 도에서 빛이 번뜩였다.

검기와 도기!

기운을 두른 병기는 청석도 두부처럼 자르는 것이 가능하다.

그 예기가 상상을 초월할 정도로 증가하기 때문이다.

장호가 피하지 않고 그 도검을 몸으로 맞자 복면인들은 속으로 환호성을 내질렀다.

그러나 그 환호는 곧 경악으로 바뀌었다.

퍽! 퍽!

도검이 박힌 몸에 아무런 상처가 없다.

심지어 옷조차도 찢어지지 않았다.

극상에 이른 호신기공.

그들이 놀라거나 말거나 장호의 손은 무심하고 빠르게 움직였다.

바로 복면인들의 심장을 향해 나간 것이다.

퍽! 퍽!

큰 폭음이나 화려한 어떤 일도 일어나지 않았다.

가볍고 빠르게 움직인 것.

직선으로 찔러드는 그 공격을 누구도 피하지 못했다.

그에게 도검을 찌른 이들 다섯이 단번에 실 끊어진 인형처럼 쓰러져 버렸다.

그러자 좌중의 모든 이가 얼어붙은 듯 꼼짝도 하지 못했다.

처음부터 다섯을 쓰러뜨리고 다시 다섯을 가볍게 죽여 버린 이가 나타났으니 두렵지 않을 수 있겠는가?

"고, 고인은 누구신데 본 파의 행사에 끼어드시는 것입니까?"

복면인 중 하나가 말했다.

"본인은 의선문주 장호다. 복면을 쓰고 무림세가의 자제들을 공격하는 것을 보아하니 딱히 들어줄 만한 일은 아닌 듯하군. 이대로 물러간다면 살려주고 아니라면 다 죽이겠다. 어쩔 거지?"

그의 싸늘한 말에 복면인들이 주춤주춤 물러섰다.

"도, 동료의 시신이라도 수습할 수 있게 해주시길 간청드립니다."

"흠. 제법 의리가 있군. 가져가라."

"무엇하느냐! 어서 동료들을 수습해라!"

복면인들은 동료의 시신을 들쳐 메고 빠르게 장내를 벗

어났다.

장호는 그들을 물끄러미 보다가 고개를 돌려 다른 이들을 보았다.

"괜찮은가?"

장호는 그들에게 하대로 상태를 물었다.

그러면서도 예리하게 그들을 보았다.

일견하기에 중상을 입은 이는 하나도 없어 보였다.

그렇다면 다행이다.

중상이라고 해도 고치는 것 정도는 어렵지 않았다.

지금의 장호는 거의 신선술이라고 할 정도의 치료를 행할 수 있으니까.

선천의선강기를 도가비상현천공을 응용하여 사용한다면 그 결과는 믿을 수 없을 정도일 것이었다.

예를 들어 검에 베인 상처는 아무리 빨리 아문다고 해도 십 일은 걸린다.

깊이 베이면 그만큼 치료 기간이 느는 것이 당연하다.

다만 장호는 선천의선강기로 상처를 단번에 아물게 하는 게 가능했다.

그만큼 진기의 소모가 크긴 해도 죽기 직전의 인간을 되살릴 정도이다.

게다가 장호는 선천의선강기로 육신의 거의 대부분에 대

해서 알게 되었고, 머리와 심장이 무사하다는 전제하에 죽은 지 일각이 지나지 않았다면 살릴 수 있었다.

방법?

간단했다.

진기로 심장을 마사지하고 폐에 직접 공기를 주입한다.

그리하여 피가 돌면 사람은 되살아난다.

일각이라는 시간제한이 있는 것은 일각 동안 뇌가 피를 공급받지 않으면 죽어버리기 때문이다.

뇌가 죽으면 되살아날 수 없었다.

장호도 아직 죽은 뇌를 되살리는 것은 불가능했다.

그렇기에 장호는 알게 되었다.

인간을 인간답게 만드는 것은, 그리고 인간의 생존을 좌우하는 것은 최종적으로 뇌라는 것을 말이다.

그렇게 생각하면 강호의 무부들은 확실히 무식한 종자들이다.

불확실한 정보를 토대로 육신을 단련하다니.

이러하니 무공을 익히는 자들이 늘 주화입마에 빠질 위험에 처하는 것이다.

"구명지은에 감사드립니다. 모용세가의 모용청하입니다."

젊은 사내들 중 하나가 포권을 해 보였다.

무복 여기저기가 찢겨 있고 피가 흘러내리지만 중상은 아니었다.

"별일 아니네. 연이 닿아 구할 수 있던 것뿐이니까. 다들 상처나 치료하시게."

"배려에 감사드립니다."

모용청하라 밝힌 미공자가 몸을 돌려 일행에게 말했다.

다들 지치고 피로한 기색이 역력했다.

장호는 그들이 꽤나 오랜 시간 쫓긴 것을 알 수 있었다.

적어도 삼 일 이상 쫓기지 않았다면 옷이 저렇게 해지고 때에 찌들지 않았을 것이다.

흙에 구르면 옷이야 더러워진다.

하지만 때가 찌들기 위해서는 시간이 걸린다.

장호는 대충 응급치료를 하는 그들을 보다가 혀를 찼다.

명가의 자제라면 간단한 치료 정도는 할 줄 아는 것이 보통인데 이들은 치료를 하지 못하고 있었다.

"내가 좀 봐주지."

장호가 앞으로 나섰다.

그러고는 막 길게 자상을 입어 피가 흘러내리는 여성에게 다가갔다.

그녀는 허벅지에 일 척은 될 법한 길이의 자상을 입은 상태였다.

근육은 경미하게 다쳤지만 살이 쩍 벌어져 이대로는 피부가 붙지를 않을 것 같았다.

장호는 그런 여무인의 허벅지에 손을 댔다.

“이보십시오! 아무리 장 문주라 하지만 갑자기… 헛!”

옆에서 치료를 하겠다고 약을 들고 있던 이가 제지하다가 헛바람을 들이켰다.

장호의 손에서 황색의 운무가 피어오르더니 상처가 빠르게 아물어가는 것이 아닌가?

이것은 장호의 선천의선강기를 직접적으로 살덩어리에 투사한 결과이다.

회복과 재생 속도를 경이적일 정도로 증가시킨 것.

완치되도록 만들 수도 있지만 그러면 진기 소모가 극심했다.

그래서 장호는 잘린 피부와 살덩어리를 적당히 붙이고 약을 발랐다.

그러고는 벌떡 일어서서 다음 환자를 향해 다가갔다.

그의 신기에 모두의 입이 떡 벌어진 것은 당연했다.

그렇게 장호가 개입하여 환자들은 빠르게 치료되었다.

중상자는 경상자가 되었고 대부분 거동을 할 수 있게 되었다.

그러나 이들은 조금만 움직이고 나서 휴식을 취하기로

했다.

체력까지 장호가 어떻게 해줄 수는 없었다.

장호의 내공이 어마어마하다고는 하지만 이들을 치료하며 절반 이상을 소모한 것.

소모한 진기의 양이면 적어도 수십여 명을 살해할 수 있을 것이다.

그러나 고작 열 명을 살리기 위해 진기가 이만큼 소모되는 것을 보면 옛말이 맞는다고 장호는 생각했다.

죽이기는 쉬우나 살리기는 어렵다.

강호의 옛 격언을 되씹으며 장호는 일행을 보았다.

모용청하가 다가와 다시금 포권을 했다.

"저희에게 도움을 주셔서 다시 한 번 감사드립니다."

"모용청하라고 했나? 모용세가의 자제로 보이는데 다른 이들도 무림세가의 자제들인가?"

"그렇습니다."

"흠, 무림맹 소속인가?"

장호의 말에 모용청하는 고요한 눈으로 장호를 보았다.

"기밀이라도 있나 보군. 그렇다면 말하지 않아도 괜찮네."

"장 문주께서는 무슨 일로 홀로 여기에 계십니까?"

"무림연합군에 합류하러 가는 길이지."

"어찌 혼자……."

"혼자가 더 편하니까."

장호의 말에 모용청하의 두 눈에 기광이 스치고 지나갔다.

모용청하도 과거 장호가 혼자서 오독문을 봉문시킨 사실에 대해서 들은 바가 있기 때문이다.

강호의 지식인들은 그 이야기가 거짓이라고 보았다.

장호가 천하십대고수에 들어갈 만한 강자라고 해도 혼자서 문파를 봉문시키는 것은 무리라고 보았기 때문이다.

물론 그런 추측과 예측은 틀렸다.

장호가 홀로 오독문을 봉문시킨 것은 사실이니까.

"그 말씀을 들으니 장 문주님의 경지를 알 것 같습니다."

"그런가? 여하튼 그대들이 임무 중이라면 헤어져야겠군."

장호는 가볍게 말했다.

이들이 후방에서 무슨 임무를 수행하는지는 장호가 알 바 아니었다.

장호가 무림연합군에 합류하려는 것은 실전을 통해 더 강해지기 위함이다.

이미 황밀교의 사대호법을 만났고, 그들이 얼마나 강한지를 알고 있다.

그들 수준에 이르지 않아서야 이야기가 되지 않았다.

적어도 현경.

장호는 그 수준에 이르러야 했다.

이제 겨우 화경에 이르렀고, 생육선의 정체를 알게 된 정도로는 아무것도 안 되었다.

생육선으로도 장호는 강호 어디에 가도 약하다는 소리를 듣지 않게 되었지만 황밀교의 사대호법은 다른 그 누구보다도 강했다.

장호가 느끼기에 은룡문이라는 신비조직이 아니라면 황밀교를 어찌할 수 없어 보일 정도였다.

실제로 금마장주는 장호로서도 가늠하기 어려운 고수였다.

독선이라고 스스로를 밝힌 황밀교의 사대호법 중 하나와 마찬가지로.

"송구합니다만… 저희 일행은 부상을 입었습니다. 잠시 보호를 청하고 싶습니다."

"보호라? 그대들의 임무에 지장은 없겠나?"

"예."

"그렇다면… 완치될 때까지 잠시 같이하세."

장호의 말에 모용청하는 깊이 몸을 숙여 보였다.

"은혜에 감읍할 따름입니다."

모용청하, 황보세준, 남궁신, 종리서, 공손무기, 당진, 팽지도, 언평, 제갈상, 유진평, 반신호, 진입선.

모두가 쟁쟁한 가문의 자제들이었다.

차남이나 삼남이긴 하지만 그렇다 할지라도 제법 위세가 큰 모임이다.

대부분이 방계가 아닌 직계였고, 가문의 절기를 수련한 이들이었다.

실제로 실력도 출중했다.

전원이 절정에 이르러 있었고, 개중에는 초절정의 경지에 이른 이도 있었다.

나이가 이제 스물 중반인 것을 감안하면 대단히 빠른 속도로 강해진 이들이다.

장호는 그들의 면면을 확인한 후 이들이 일종의 별동대로서 활동한다는 추측을 하게 되었다.

일종의 무력정찰일 것이다.

후방에서 혹시 공격해 올 적도들을 발견하거나 공격하는 부대.

물론 이건 추측이고 다른 임무를 받았을 수도 있다.

그리고 그런 것이야 아무래도 좋았다.

장호의 전략은 간단하니까.

산서성을 난공불락의 요새로 만들어 방어케 하고, 장호

스스로가 외부에 나가 분탕질을 친다.

그게 장호의 전략이었다.

*　　　*　　　*

장호는 삼 일간 그들과 같이 머물렀다.

장호의 선천의선강기와 의술은 그들을 삼 일 만에 모두 완치 수준으로 치료할 수 있었기에 그들과의 동행 기간은 아주 짧았다.

정중한 인사를 받고서 장호는 그들을 떠났다.

그리고 장호는 그대로 남진을 계속했다.

광동성.

반란군과 무림연합군, 황궁수호군, 반란진압군이 진입해 들어간 곳.

그리고 민란에 의해서 이자성이 지배하고 있는 지역이다.

장호는 그곳으로 향했다.

그 결과 광동성의 경계에 도착했을 때 장호는 꽤나 많은 시체를 볼 수 있었다.

광동과 호남의 경계에는 호남성에 속한 의장이라고 하는 도시가 있다.

이 도시 좌우로는 제법 폭이 넓은 강이 하나 있었는데, 이 강 주변에 도착한 장호는 무수히 많은 시체를 보았다.

"이건 무림맹이군."

무림맹의 깃발, 그리고 무림맹의 전투부대들이 입는 무복의 무인들 시체가 강을 따라 여기저기에 널려 있었다.

장호는 멀리 있는 의장을 보았다.

소도시 의장은 교역이 발전한 강변의 소도시이다.

이 주변이 이리 엉망이라면 저기도 마찬가지일 듯싶었다.

장호는 살아 있는 이들이 없나 살펴보고서 의장을 향해 몸을 날렸다.

그렇게 얼마 지나지 않아 의장에 도착했을 때다.

소도시는 마치 죽음의 도시처럼 사람이 없었다.

전투의 흔적과 시체가 소도시 내부에 굴러다니고 있었지만, 장호의 감각에 살아 있는 이는 아무도 없었다.

소도시라고는 하나 인구가 적어도 일만은 살았을 법한 곳에 사람이 하나도 없다는 사실에 장호는 꺼림칙했다.

전쟁.

그러고 보면 장호는 전쟁을 겪어본 적이 없다.

북쪽에서는 늘 전투가 벌어진다고 하지만 전쟁은 어떤 의미인가?

강호의 전쟁이라면 충분히 겪어보았지만, 그것은 국가 간의 전쟁과는 다른 것이다.

강호인들이라고 해도 결과적으로는 이 제국의 사람들이다.

제국 전복을 노리는 것도 아니기 때문에 일반인에게까지 큰 여파가 미치는 것은 아니었다.

그건 황밀교의 난 때에도 그랬다.

난이라고 부르지만 사실 강호 전체와 황밀교의 싸움이었을 뿐이다.

그 당시 제국은 이 싸움에 나서지 않았다.

명제국의 입장에서 강호인은 골치 아픈 무리일 뿐이니 서로 싸워 죽이기를 바랐을 테지.

물론 지금에 와서는 생각이 달라졌다.

황밀교가 이자성의 난을 원조했으며, 그들이 북쪽의 여진족을 움직이고 있다면 이건 강호의 문파 수준이 아니다.

국가 규모의 거대한 음모가 횡행하고 있는 것이니까.

슥.

장호는 주변을 살펴보다가 강변으로 향했다.

소도시의 작은 포구에는 주인 없는 배가 몇 척 남아 있었다.

장호는 그중 하나를 강에 띄우고 강을 건너기 시작했다.

좌아악!

내공을 실어 노를 저으니 어마어마한 속도로 강을 가로질렀다.

폭이 제법 넓기는 하지만, 그렇다고 해서 하루 종일 노를 저을 정도는 아니었다.

이각 정도의 시간 만에 장호는 반대편 강변에 도착했다.

척.

강변에 내려서자 여기에도 시체가 즐비했다.

여기서부터는 무림맹뿐만 아니라 이름 모를 병사들의 시체도 있었다.

그러다가 장호는 한 가지 특이한 것을 볼 수 있었다.

"이건……."

그건 말라비틀어진 시체였다.

그러나 피부는 놀랄 만큼 딱딱하고 색도 거무튀튀했다.

강시.

황밀교에서 강시를 지원한 건가? 장호는 잠시 그런 생각을 하다가 고개를 들었다.

저 멀리서 어떤 소리가 들려왔기 때문이다.

스팟!

장호의 몸이 빠르게 앞으로 나아갔다.

사실 장호가 익힌 경공들은 강호의 이류 수준에 불과했

으나 그 육신이 지닌 힘 덕분에 강호의 누구와도 비교할 수 없을 만큼 빠른 속도로 움직이는 게 가능했다.

장호는 곧 소리가 들린 곳에 도착했다.

그곳에서는 한창 전투가 벌어지고 있었다.

"저건……."

관군으로 보이는 이들이 방패와 창을 들고 고군분투하고 있었는데, 그런 관군을 삼면에서 꾀죄죄한 옷에 나무로 만든 창을 든 민란군처럼 보이는 이들이 공격해 대고 있었다.

장비 면에서야 관군이 더 우수했지만, 민란군의 숫자가 세 배가 넘을 정도로 많았다.

장호는 그걸 보고 눈살을 찌푸렸다.

거의 천여 명에 달하는 관군, 그리고 삼천에서 사천에 달하는 민란군.

그 격돌은 보는 이로 하여금 절로 눈살을 찌푸리게 만들었다.

그건 처절하고 애달픈 모습이었다.

관병도, 그리고 민란군도 처참하게 서로를 죽이기 위해서 싸우고 있다.

무엇을 위해서 저리 싸우는가? 이 싸움을 만든 원인은 저 먼 황도에 있지 않는가?

"쯧."

장호는 전쟁에 끼어들 필요성은 느끼지 못했다.

고개를 돌리고 걸음을 옮겨 빠르게 전장에서 벗어났다.

*　　*　　*

장호는 이동하면서 몇 번이나 싸우고 있는 군대를 볼 수가 있었다.

여기저기에서 수백에서 천 정도의 군대가 싸우고 있었다.

대체적으로 관군이 밀리고 있었다.

어떤 멍청한 작자가 저렇게 관군을 계속해서 투입하고 있는지 의아할 지경이었다.

게다가 서로의 정찰병이 사방에 깔려 있었다.

정찰병들은 서로 발견하면 창칼을 들고 상대를 죽여댔다.

계속해서 싸우며 죽고 죽였다.

이게 전쟁인가.

어째서 관군은 저렇게 계속 당하는가?

그렇게 생각하다가 한 가지 사실을 떠올렸다.

명제국은 부패해 있다.

부패한 나라에 제대로 된 무장이 있을 리 없었다.

그런가.

그래서 밀리는 건가.

척 봐도 민란군은 장비가 부실해 보였다.

그럼에도 관군을 이겨내고 있는 것을 보면 답은 뻔했다.

명제국의 장수들이 무능한 것이다.

문제는 또 있었다.

그렇게 죽인 관군의 병기를 민란군이 사용하기 시작했다는 점.

전략과 병력의 양에서 민란군이 앞서는데 딱 하나 나은 게 관군의 장비였다.

그게 서서히 넘어가는 중이었다.

장호는 무공도 익히지 못한 이들이 악에 받쳐 서로를 죽이는 전장 지역을 벗어났다.

그리고 다시금 광동성의 경계 밖을 향해 이동했다.

움직이다가 보면 무림맹이든 동창이든 발견할 수 있을 것이기 때문이다.

第六章

지옥도

지옥이 따로 있지 않다.
여기가 바로 지옥이다.

누군가의 절규

장호는 강변을 따라 움직이면서 무수히 많은 시체를 보았다.

이제는 무인으로 보이는 시체는 없었다.

관군이거나 민란군이었다.

관군은 대체로 스물에서 마흔 살의 남자들로 이루어져 있었다.

마흔 살 정도면 고령이다.

이 중원의 평균 나이는 오십이 한계였다.

보통 오십 대쯤에는 다들 죽고 마니까.

무인이 아니라면, 혹은 고관대작이나 권문세가 사람이 아니라면 쉰을 넘어 생존해 있는 이가 드물었다.

그러하니 관군에 마흔 살까지의 병사들이 있는 것은 당연한 일이다.

그에 반해서 민란군은 처참했다.

아이, 여자, 노인, 이른바 약자로 분류되는 이들까지 섞여 있었으니까.

무엇이 이들을 이렇게 내몰았을까?

아이는 왜 목창을 쥐었을까? 여인은 왜 식칼을 들었나? 노인은 어째서 곡괭이를 들었는가?

누가 이들에게 이런 삶을 강요했는가?

장호는 물끄러미 시체들을 내려다보았다.

그는 알고 있다.

이자성은 기폭제에 불과하다.

이들이 이렇게 싸우는 것은 전부 제국 때문이다.

빛나라 한인의 제국이여,

썩어빠진 제국이여,

만세토록 무궁하리.

그럴 리가 있나.

어쩌면 이 모든 것이 의미가 없는 것일지도 모른다는 생각이 장호의 뇌리에 스치고 지나갔다.

과거 원제국이 물러가고 명제국이 들어서던 시절, 그 당시의 원제국 역시 부패하고 무능했다.

아무리 백련교가 대단했다고 하지만, 나라가 부패하지 않았던들 무너졌겠는가? 사실 대부분의 나라들은 전부 부패해 무너져 내렸다.

나라가 부패하면 그 아래의 민중은 지옥을 보게 된다.

이 지옥은 누구의 책임이냐.

장호는 그런 생각을 하며 시체들을 지났다.

그때 저 멀리 하나의 군막을 발견했다.

그것은 황궁의 깃발이었다.

황궁수호군, 즉 동창이 조직한 군대가 저기에 있었다.

본래라면 저들에게 합류할 생각이었다.

어쨌든 이자성의 난에는 황밀교가 개입되어 있고, 그들과 싸워야 하니까.

하지만 지금에 와서는 회의가 든다.

과연 누가 정의란 말이냐?

대체 누가.

누가.

장호는 물끄러미 황궁수호군을 바라보다가 우선은 물러서려고 했다.

그때다.

장호 근처로 황궁수호군의 정찰병이 나타났다.

“그거 들었어?”

“뭘 말인가?”

“민란이 여기 말고도 다른 곳에 또 일어났다고 하던데.”

“뭐?”

“왕과재, 장존맹, 왕가윤, 고영상, 나여재, 하여튼 엄청 많다고 해.”

장호는 조용히 몸을 숨겼다.

은신술도 배운 바가 있고, 현재 장호의 경지로서는 어렵지 않게 펼칠 수 있었다.

나무 그늘로 숨어들자 그 근처를 지나던 황궁수호군으로 보이는 이들 다섯이 지나가면서 이야기를 나누었다.

“민란이 그렇게나…….”

“각지에서 오던 지원군도 그래서 못 오고 있다던데?”

“이거 큰일 아니야?”

“글쎄, 모르지. 우리야 시키는 대로 해야 하는 거 아닌가?”

“그렇긴 한데…….”

“어쩌다 이 꼴이 난 건지.”

“그러게 말일세.”

황궁수호군이라고 해서 동창의 사병 세력인 줄 알았더니

그것도 아닌 모양이다.

군기가 빠져 있는 모습에 장호는 조금 의아스러웠다.

장호는 차분히 그들의 이야기를 들은 후 우선은 물러서서 밤이 되기를 기다렸다.

그리고 며칠간 계속 황궁수호군 주변을 맴돌았다.

광동성이 이자성에 의해서 점령당하는 순간, 광동성으로 향하던 물류의 흐름은 뚝 끊어지고 만다.

광동성과 원거리 무역을 하던 상인들은 모두 손해를 보았고, 개중에는 망한 자들도 있었다.

그뿐이 아니다.

광동성과 연관이 있는 자들은 관아에서 무자비하게 끌고 갔다.

무림문파의 경우에는 끌고 가지는 못했지만 압박을 강하게 주고 있었다.

그사이에 여기저기에서 농민들이 들고일어났다.

대규모 민란이었다.

그만큼 현재 나라 전체가 엉망이라는 의미이기도 했다.

장호는 황궁수호군을 염탐하면서 이 이야기를 자세히 들을 수 있었다.

그렇지 않아도 이자성의 반란에 다른 대규모 민중 봉기가 일어나니 황궁수호군이 이곳에서 시간을 지체하기가 어렵게 되었다는 이야기도 나왔다.

물론 대략적인 이야기일 뿐으로 상세한 이야기는 아니었다.

장호가 전문적인 은신술을 익힌 것이 아니라서 진중에 숨어들어 갈 정도는 아니었기 때문이다.

그러나 그런 대략적인 정보만으로도 충분했다.

"하, 이건 글렀군."

장호는 고개를 흔들었다.

그들의 말이 맞았다.

제갈화린, 독선, 금마장주, 그들의 말이 옳았다.

명제국은 이제 그 생명을 다했다.

거대한 제국은 이제 몰락할 것이고, 새로운 국가가 세워진다.

제갈세가는 누르하치가 밀고 내려와 그들이 제국을 세울 것이라 예측하고 있었다.

그렇다면 금마장주의 의견은 어떨까?

그는 명제국이 망국이 된다 하였지만, 누가 다음 제국을 세우는지에 대해서는 말한 바가 없다.

그렇다면…….

"이자성을 만나봐야겠군."

장호는 눈을 빛냈다.

이제 와서는 황밀교와 싸우려는 의지도 남아 있지 않았다.

정의의 기준이 엉망진창이 되어버린 지금 황밀교와 대적한다고 해서 남는 게 무엇이 있는가?

사실 황밀교가 장호를 공격한 바가 있지만, 애초에 그들의 일에 먼저 끼어든 건 장호였다.

시간이 회귀하기 전에 그들의 함정에 빠져 죽었기 때문이다.

하지만 이미 시간을 역행한 지금에 와서 과거의 일을 원인으로 삼는 것은 웃기는 일에 불과했다.

그렇다면 결정해야 한다.

황밀교.

그들과 화해를 할 것인가, 아니라면 끝까지 대적할 것인가? 어느 쪽이 더 정의에, 그리고 의선문의 문규에 알맞은 것인가?

*　　　*　　　*

이자성.

은룡문이라는 신비조직의 일원이었다고 하는 이, 그 역시 황밀교의 그들과 같이 절대강자일 것이다.

현경에 이른 자인가, 아니면 화경에 이른 자인가?

어느 쪽인가?

장호는 그런 생각을 하며 광동성의 내부로 진입해 들어갔다.

장호에게 식량은 문제가 되지 않았다.

약초에 해박하고 천하의 산지에서 먹을 것과 먹지 말아야 할 것을 구분하는 데에 장호만 한 이도 드무니까.

산과일, 약초, 나물, 날짐승, 들짐승, 가끔 만나는 강에서는 물고기를 잡아 그대로 먹었다.

행색은 조금 지저분했지만 장호는 거침없이 계속해서 달렸다.

그 결과 불과 육 일 만에 광동성의 중심지인 광주에 도착할 수 있었다.

광주는 거대한 강을 끼고 있고, 이 강은 바다로 통하는 수로를 가지고 있었다.

때문에 광동성은 예로부터 수군을 보유하고 있었는데, 이는 해적을 막기 위함이었다.

왜구, 해적.

이들은 배를 타고 와서 연안을 약탈했는데 광주도 공격을 받은 적이 있을 정도였다.

또한 이곳은 바다에 접해 있어서 염상들이 득세하는 곳

이기도 했다.

천하의 부호 중에서도 소금을 파는 염상들은 지독하기가 그지없는 자들이다.

과거 원제국이 멸망하고 명제국의 건국 초기에 명태조 주원장과 겨루며 명제국의 황좌를 차지하려고 싸운 장사성이 염상 출신 아니던가?

여하튼 광동성은 중원의 여러 지역 중에서 제법 부유한 편이다.

남방에 위치하여 기후가 따뜻해 곡물이 잘 자라고 바다에 인접해 해산물도 풍족했다.

예로부터 식량이 풍족하면 부유하게 사는 것은 당연한 법.

그렇기에 광동성의 군사들은 다른 지역의 군사보다 조금 더 정예화되어 있었다.

그리고 이자성은 지금 이 광동성의 지배자였다.

그가 어떻게 광동성에서 민란을 일으키고 성공적으로 광동성 전체를 장악한 것인지 장호는 아직 모른다.

생각해 보면 장호는 이번 전쟁에 대해서 아는 바가 그렇게 많지 않았다.

조사한 바가 있지만 내밀한 사정은 모른다.

때문에 이자성을 직접 만나러 온 것이다.

물론 쉽지는 않으리라고 보았다.

이럴 줄 알았다면 은신술을 배워둘 것을.

장호는 속으로 혀를 찼다.

여하튼 그렇게 광동성에 도착한 장호는 광동성이 의외로 조용하다는 것을 알 수 있었다.

우선 성문이 활짝 열려 있었다.

그러나 그 성문을 지나는 사람의 수가 극소수였다.

한 가지 기이한 점은 그 극소수의 사람들이 병사들이 아니라는 점이다.

광동성 내부에서는 아직 상행이 이루어지고 있나? 장호는 그 모습을 바라보면서 밤이 되기를 기다렸다.

이윽고 밤이 되었을 때, 장호는 움직였다.

어둠 속을 내달려 단번에 성벽을 넘고 그 안쪽 도시에 내려섰다.

그것은 전설의 도둑 공공신투만큼 날래고 민첩한 모습이었다.

일단 도시에 내려선 장호는 천천히 어둠 속을 움직였다.

이런 도시지만 거지가 없을 리가 없다.

적당히 그들 사이에 숨는다면 누군들 장호가 숨어들었다고 알 수 있으랴.

그렇게 생각했는데 웬걸?

거지가 하나도 없었다.

으슥한 뒷골목, 혹은 작은 다리의 밑에는 거지가 있게 마련인데 하나도 없다.

거지가 없다?

개방이 없다는 의미.

아니, 개방은 둘째 문제다.

거지가 없다니? 이게 대체 무슨 일이란 말인가? 광주는 시간을 역행하기 전에 와본 적이 있다.

인구가 삼십만이 넘어가는 거대한 도시가 바로 이 광주다.

인구 삼십만 명 중에서 거지가 일만은 된다고 알려져 있었다.

즉 서른 명 중에 한 명은 거지였다는 이야기다.

그런데 하나도 보이지가 않았다.

장호는 어둠 속에서 조용히 움직이며 집이나 객잔의 벽으로 붙었다.

아직 밤이 깊지 않았기에 사람들이 대화를 나눌 것이라 생각한 것이다.

그리고 장호는 기대한 대로 사람들의 대화를 엿들을 수가 있었다.

"예전보다 수익이 못해."

"손님이 없으니 그렇죠."

"그래도 보상금이 나와서 다행이긴 하지."

힘이 없는 걱정 어린 목소리가 들려왔다.

그것은 객잔 주인의 목소리였다.

장호는 이야기를 듣다가 다른 집으로 향했다.

대체적으로 집이 번듯한 곳은 지금의 상황에 대해서 걱정하는 어투였다.

그러나 끔찍하거나 강압적인 뭔가를 당한 것은 아닌 듯했다.

그에 반해서 허름한 집에서는 지금 상황을 좋게 보고 있었다.

배부르게 먹을 수 있어서 좋다느니 따뜻하게 잘 수 있어서 좋다느니 하는 이야기가 들려왔다.

개중에는 새로운 세상이 온다, 더 나은 세상이 온다는 식의 광신적 믿음을 가진 곳도 몇 곳 있었다.

장호는 그런 이야기들을 들으며 이자성이 반란을 일으킨 상황에서도 거의 대부분을 잘 통제하고 있다는 것을 알 수 있었다.

하긴 은룡문 사람이다.

금마장주를 보면 알 수 있듯이 그들 조직이 녹록한 곳이 아님을 알 수 있었다.

아는 이가 거의 없는 신비조직.

그러나 실은 황밀교와 같이 강호 전역을 아우르는 능력을 가진 집단.

무림맹이니 흑사칠문이니 하는 것들은 사실 이들에 비하면 아무것도 아니다.

그리고 지금 이 사건도.

'반란이라. 반란이라. 반란이라.'

장호는 속으로 이 단어를 세 번 되뇌었다.

그리고 조용히 움직였다.

어찌 되었든 이자성을 만나보면 뭔가를 알게 될 것이다.

이 전쟁에 끼어들 것인가, 말 것인가.

그래서 중앙관청으로 향했다.

높다란 담이야 이미 절대고수인 장호에게 큰 문제가 되지 않았다.

워낙 넓다 보니 스며들기 쉬웠다.

그저 그런 은신술을 익혔음에도 별다른 문제 없이 스며들 수 있었다.

그러는 한편 장호는 기감을 확장했다.

강자가 있다면 그자가 이자성이라는 생각이 들었기 때문이다.

"흠……."

하지만 딱히 걸리는 것이 없다.
생각해 보면 당연한 일이다.
대부분의 절대고수들은 내기를 안으로 갈무리할 수 있으니 이런 식으로는 찾기 어려울 터.
장호는 어떻게 할까 고민하다가 이쪽에서 그를 부르기로 했다.
화아아악!
강렬하고 거센 기파를 짧게 한 번 내뿜었다.
몸에서 뿜어져 나간 기운이 주변을 휩쓸었다.
동시에 장호는 다시 기세를 감추었다.
신호다.
절대고수라면 이걸 느꼈으리라.
그리고 뭔가 반응을 해오겠지.
그리고 장호는 한 방향에서 강한 기운이 움직인 것을 느꼈다.
저쪽도 신호를 보내는 거다.
부르는 거냐?
가주마.
장호는 그리로 움직였다.
어차피 잔챙이는 아무래도 좋다.
강자만이 지금의 장호를 어찌할 수 있으니 함정이라고

해도 의미가 없었다.

그리고 장호는 기운이 느껴진 곳에 도착해서 의아함을 느꼈다.

관옥이었기 때문이다.

관에 속한 감옥.

그곳에 도착하자 고통에 찬 신음이 들려왔다.

눈살을 찌푸리며 장호는 안으로 걸음을 옮겼다.

"으… 으으……."

사람들.

그들은 매달려 있었다.

몸의 가죽 일부가 벗겨진 채로 두 팔이 벽에 매달린 그들은 고통에 찬 신음을 터뜨렸다.

어떤 이는 사지 중 하나가 없고 어떤 이는 손이나 발이 없었다.

고문을 당한 그 모습에 장호의 눈살이 더더욱 찌푸려졌다.

"어서 오시오. 마침 일을 하던 중이라 환대하지 못함을 이해해 주시구려."

그때다.

굵직한 목소리가 들려와 장호는 그곳으로 시선을 돌렸다.

척.

그곳에는 작은 단검을 든 건장한 사내가 있었다.

나이는 마흔 정도로 보이는 장대한 체구의 그는 호방하게 생긴 자였다.

그는 그 단검으로 앞에 매달린 사람의 살점을 조금씩 잘라내고 있는 중이었다.

매달린 자가 고통에 찬 소리를 내고 있긴 했지만 그 소리가 몹시 작았다.

필시 목소리를 낼 기력도 없는 것이리라.

"세상일이라는 게 내 마음대로 되는 게 아니라오. 바쁘지만 이런 일을 남에게 맡길 수도 없으니 내가 할 수밖에."

"그대는 누구요?"

"나 말이오? 흠, 척진광이라고 하오. 이자성 장군의 오른팔이지."

그는 살점을 떼어내는 작업을 멈추지 않고 말했다.

장호가 손을 들었다.

순간 장호의 손에 가공할 기운이 모여들었다.

그제야 그는 작업을 멈추고 고개를 돌려 장호를 보았다.

"어떻게 생각하오? 내가 하고 있는 지금 이 일 말이오."

"역겹군."

"그럴 거요. 나도 좋아서 하는 건 아니니까."

"그럼 왜 하고 있소?"

"죄인은 벌을 받아야 하니까."

그가 칼을 든 채로 장호를 보았다.

그의 소매에는 피가 흥건했다.

"죄인이 죗값을 받는 세상, 어떻게 생각하시오?"

그의 표정은 무표정했다.

그 상태로 장호에게 다시 말을 건넸다.

"땀 흘려 일한 자가 정당한 대가를 받는 세상, 정의를 정의라 말할 수 있는 세상, 죄를 지은 자가 죗값을 받는 세상, 어떻소?"

"이상 사회라고 생각하오. 과거 요왕과 순왕이 다스리던 요순시대가 그랬다더군."

"그렇소. 요왕, 순왕, 이 두 왕 이후로 사실 그러한 나라는 나타난 적이 없소. 그렇지 않소?"

"그래서 그대들이 그런 국가를 만든다고 말하려는 거요?"

"글쎄… 만들 수 있을지는 자신하지 못하지. 하지만 노력은 해봐야 할 것 아니겠소?"

"그런 사상과 이 일이 무슨 관계가 있는지 모르겠군."

"관계가 있지. 아주 큰 관계가."

그는 방금 전 살점을 떼어내던 이를 향해 단검을 향하며 말했다.

“광동성에 미린현이라는 곳이 있소. 이자는 그곳의 현령인데, 사람을 때려죽이면서 흥분하는 자라오. 그것도 여인을 때려서 죽이고 간하기를 즐겼지. 대충 사십 명 정도 이자에게 비참하게 죽었소. 더 정확하게 조사하고 싶지만 인력이 부족해서 할 수가 없었지.”

장호는 침묵을 지켰다.

“죄인이오. 말할 것도 없는 죄인이지. 게다가 이자는 많은 죄 없는 이들을 괴롭히며 살해했고, 그냥 죽인 것도 아니고 죽기 전까지 지독한 고통을 주었지. 그렇다면 이자가 받을 죗값은 뭐겠소?”

“사형.”

“물론 사형이지. 다만 그냥 사형으로는 안 된다오. 그들이 한 일을 되돌려 받아야지. 어떻게 해야 사십 여 명의 원혼을 위로할 수 있을지는 모르겠소만, 할 수 있는 만큼 하면 된다고 생각하오. 그래서 이렇게 천천히 포를 떠서 죽이고 있는 거지. 몹시 수고스러운 일이라는 거 알고 있소?”

“이해하고 있소.”

“흠, 이해한다니 다행이군. 죽지 않게 조절하면서 살점을 떼어내는 게 보통 일은 아니라오. 게다가 어지간한 이들은 이런 일을 안 하려고 들기도 하고. 그래서 내가 직접 하는 거요. 궂은일을 수하에게 시키는 건 별로 좋은 일이 아니니까."

척진광이라고 스스로를 밝힌 이는 담담하게 말하고 있었다.

그리고 장호는 그가 보통 사람은 아니라는 것을 느꼈다.

침착하게 미쳐 있다.

아니면 인간으로서 가질 수 있는 어떤 부분이 결여되거나 고장 나 있는 것 같았다.

"이들 대부분이 그렇소. 여기 이 돼지는 인육을 즐기던 놈이고, 이놈은 사람 죽이는 걸 재미로 알던 놈이지. 이래저래 다들 제대로 된 죗값을 못 받던 자들이오. 권력의 비호를 받았거든."

"그래서, 나에게 설명하는 이유가 뭐요?"

"그대를 아니까."

"안다고?"

"그렇소. 의선문주 장호. 생사신의라고 불러 드리오리까?"

장호는 그다지 놀라지 않았다.

그는 신흥 강자로 떠올랐고, 의선문도 강성한 세력으로 떠오른 곳이니까.

"그래, 의선문주께서 여기는 무슨 일로 오셨소? 저 돼지들의 주구가 되고자 온 거요?"

"이자성을 만나러 왔소."

"장군님을?"

그가 고개를 갸웃했다.

"암살하러 오신 것은 아닌 듯하고, 무슨 일이오?"

"대화를 좀 나누어볼까 하오. 사실 나는 황밀교와 썩 사이가 좋지 않지. 그리고 그대들은 그들의 지원을 받고 있지 않소?"

"아, 황밀교. 그렇군. 그들과의 일 때문이로군."

그는 잠시 장호를 보았다.

"장 문주 그대가 황밀교의 인물 여럿을 해쳤다는 이야기는 들었지. 그래, 황밀교가 우리를 조종한다고 생각한 거요?"

"그렇다고 생각했소만……."

"하하하하하! 감히 황밀교가 은룡문의 행사를 조종할 수 있을 리가!"

그가 폭소를 터뜨렸다.

"은룡문… 그대들은 대체 무엇이오?"

그가 웃음을 뚝 그쳤다.

"금 당주를 만났다고 들었는데… 그때 우리에 대해서 알게 된 것이오?"

"그렇소."

"흐음."

그는 턱수염을 쓰다듬으며 생각에 잠겼다.

"본 문은 오행당으로 나뉘어 있고, 각각의 당주들은 서로 평등하지. 구성원은 천여 명 안팎이지만 그 영향력을 천하에 뻗어 있소. 또한 구성원 개개인은 최소 초절정의 인물이며 당주들은 전부 현경에 이르러 있다오."

오행당, 즉 다섯 개의 당으로 나누어져 있다는 것이다.

그리고 그들 전원이 현경이라니?

이 무슨 무시무시한 집단이란 말인가.

"하지만 나약하지."

척진광의 말에 장호의 표정에 의문이 서렸다.

나약하다?

"그렇게 대단하면 무엇하겠소? 본 문은 암중에서 천하를 조율했다고 하지만 천하 만민을 구제한 적이 없소. 언제나 술에 술 탄 듯 물에 물 탄 듯 흘러갈 뿐. 하하하하! 천하를 오시할 능력이 있고, 천하를 구할 능력이 있으면서 천하를 내버려 둔다. 웃기는 이야기 아니오? 은룡문이라는 이름 그대로지."

그의 두 눈이 광기로 번들거렸다.

"그럴 수는 없소. 암, 그럴 수는 없는 거야. 천지 아래 금수만도 못한 것들이 돌아다니며 선한 이들을 죽이고 학대하는 것을 두고 볼 수 있을까? 머저리 같은 당주들의 결정! 은룡문의 규칙! 다 개소리지!"

그렇게 외치던 그는 다시 평온한 안색이 되었다.

"우리가 무엇인지 물었소? 우리는 역사의 그림자이고 사람의 수호자요. 하지만 대체 무엇을 수호한다는 건지 모를 집단이지."

"……."

"아, 이런 게 궁금한 게 아닐지도 모르겠구려. 역사? 수천 년은 되었소이다. 능력? 아까 말한 바처럼 황밀교보다도 고강하다오. 이념? 말했잖소. 사람들을 수호한다고. 자, 그럼 이제 뭐가 궁금하시오?"

"당신이 그렇게 말해주는 이유가 궁금하오."

"흐, 하긴 이상하기도 하겠군."

척진광은 그리 말하고서 장호를 향해 바로 섰다.

"황밀교에서 요청이 왔소. 그대에게 진실을 가르쳐 주라고. 그리고 이자성 장군께서도 말씀하셨지. 그대에게 진실을 가르쳐 주라고."

"진실?"

"그렇소. 진실."

대체 무슨 진실이냐는 표정으로 장호가 바라보았다.

진실?

이미 진실은 알고 있다.

민란은 어차피 필연이고, 이 제국은 끝장이 났다는 것을.

그런데 더 무엇이 있을까?

"반란이 왜 일어났는가 하는 진실이지. 황밀교의 요청이야 아무래도 좋지만 장군께서 하신 말씀은 이행해야 하거든."

"그래, 그 진실이 뭐요? 나도 알 만큼은 아오. 이 민란이 왜 일어난 것인지도. 이게 필연이라는 것도. 요는 그거 아니겠소?"

장호가 결론을 내리듯 말했다.

"이 명제국은 끝이라는 것."

"하하하하! 그리 말하면 그럴 수도 있지. 하지만 그걸 다르게 보면 이렇게 말할 수도 있다오."

그가 진지하게 말했다.

"이 나라는 지옥이요. 아귀와 마귀들에 의해서 사람들이 뜯어 먹히는 곳이지. 명제국이 끝이라고? 푸하하하하하하! 그거야 위정자의 입장에서 본 헛소리에 불과하지. 대체 이 놈의 나라에서 몇 명이 아사하고 학대당하고 강간당하며 죽는다고 알고 있는 거요? 응?"

그의 말에 광기가 서렸다.

"그래서 안되는 거야! 그대 같은 자들은 심각성을 몰라. 사람을 사람으로 보지 않는단 말이다! 한 명을 죽이면 살인자고 만 명을 죽이면 영웅인가? 사람은 숫자가 아니다!"

화아아아악!

"그대 역시 저들과 다를 바가 없어. 진실을 안다고? 하하하하! 웃기는 소리! 너는 진실을 보고만 있을 뿐 아는 게 아니야. 그렇지 않나, 의선문주 장호?"

광기 어린 척진광의 말투는 점점 강렬해졌다.

그가 기세를 끌어 올리며 장호를 향해 다가들었다.

그런 그를 보며 장호는 차가운 표정으로 대꾸했다.

"나는 의원이지. 그러니 사람을 사람으로 보지 않는 건 당연한 일이다. 내가 대체 몇 명의 사람을 살리고 몇 명의 사람을 죽였다고 생각하지? 하루에도 내 손에 죽는 이가 여럿이야. 십 년간 의원 노릇을 하면서 내 손에서 죽은 이가 수천이 넘을 거란 말이다."

장호의 기세 역시 강렬해졌다.

"모르는 건 네놈이다. 지옥? 흐, 세상이 지옥이 된 지 이미 오래되었다는 것을 내가 모를 것 같나? 나 역시 그 지옥에서 살아남았다. 그리고 너와 너의 동료들이 이 지옥을 어떻게든 하려는 것도 이해해. 하지만 석연치가 않단 말이지."

“뭐가 석연치 않다는 거냐?”

“너희 은룡문에서 갈라져 나온 이들은 그렇다고 할지라도 황밀교는 대체 무슨 의도인지 알 수가 없다. 나는 그걸 이자성에게 확인받을 거야. 그러니 너는 잔소리는 더 이상 하지 말고 말해라. 이자성은 어디에 있나?”

두 명의 절대고수는 서로를 노려보았다.

잠시 대치가 이어졌으나 이내 척진광이 기세를 거두어들이기 시작했다.

“장군께서는 이덕이라는 곳에 계시다. 거기서 전군을 지휘하시고 계시지.”

“이덕?”

“광동성의 경계에 있는 도시 중 하나지. 그리로 가보도록.”

척진광은 몸을 돌리고는 살점 떼어내는 일을 다시 시작했다.

장호는 그 모습을 바라보다가 몸을 돌렸다.

저들의 일이다.

장호가 참견할 바가 아니었다.

지옥이 멀리 있지 않다.

여기가 이미 지옥이었다.

第七章

삶이란

삶 그 자체에 대해 의문을 가진 이는 많다.

그 답을 어떤 이들은 신앙에서 찾고,

어떤 이는 철학에서 찾는다.

하지만 사실 모두가 알고 있다.

삶이란 그저 살아가는 시간일 뿐이라는 것을.

가치가 있는가, 없는가?

그것도 결국 개인적인 만족일 뿐이다.

삶의 가치

이덕.

광동성 북서부에 위치한 소도시이다.

이곳은 성벽이 만들어져 있어서 군사적 요충지로 쓸 만한 곳이었다.

현재 광동성의 민란군은 그 수가 도합 사십만에 달했다.

이들 중 오만여 명이 본래 관군이었던 자들이다.

장호가 조사한 바에 따르면 이자성은 본래 관군에 속한 병졸 출신이다.

그러나 그 능력이 뛰어나 빠르게 직위를 높여가던 중 어느 날을 기점으로 반란을 일으켰다고 한다.

은룡문에 속한 이자성이라면 필시 고강한 무인, 그가 관군에 투신하여 활약했다면 당연히 빠르게 직위가 올라갔을 터다.

그런 그가 왜 반란을 일으켰을까? 그 의문에 대한 답은 척진광이 해주었다.

만민을 위하여!

이자성은 확실히 이상주의자일 것이다.

하지만 이자성이 반란을 일으키지 않았다고 해도 사실 별로 달라진 건 없었을 것이다.

현재 이자성을 필두로 하여 각지에서 민란이 우후죽순처럼 일어나고 있으니까.

그것도 황밀교가 손을 썼을 테지만, 이렇게 전국 규모의 민란이 대량 발생한 데엔 이유가 있다.

문제는 황밀교의 의중이다.

독선의 말마따나 그들이 선행을 위해서 이런 일을 하고 있는 것인지 알 수가 없었다.

사실 그런 기괴한 무리의 말을 액면 그대로 믿을 수가 있겠는가?

그러니 이렇게 발품을 팔 수밖에.

본래라면 그들과 싸우려 했으나 이제는 그만두기로 했다.

대의도 정의도 없는 싸움이다.

그러니 끼어들지 않는다.

도리어 지금 장호가 해야 할 일은 따로 있었다.

강해져야 한다.

현경에 이르지 않으면, 그들과 같은 자리에 서지 않으면 안 되었다.

지금 상태로 그들과 싸워봤자 결국 패망할 뿐이다.

세력 면으로는 장호도 꿀리지 않지만, 절대강자가 되지 않으면 승산이 희박했다.

"삼엄한데……."

장호는 이덕을 바라보았다.

그곳에는 강렬한 기세를 가진 이가 아주 많았다.

초절정의 고수로 장호의 눈에 띈 이만 벌써 쉰 명이 넘었고, 드문드문 화경에 이른 듯한 이들도 있었다.

적어도 여섯 명의 화경급의 고수가 있다.

이것을 보면 이자성은 필시 현경에 이르렀겠지.

이길 수 있을까?

생육선의 초입에 도달한 몸이라면 현경과 싸운다고 해도 밀리지는 않는다.

게다가 장호 스스로도 화경에 이르지 않았는가?

하지만 그것뿐이다.

지지도 않겠지만 이기지도 못한다.

목숨을 걸고 끝까지 싸운다면 결국 승자는 현경에 달한 이일 것이다.

그만큼 화경과 현경의 격차는 컸다.

생육선의 초입에 도달한 장호라고 할지라도 그랬다.

어떻게 저기로 잠입한다?

장호는 고민했다.

여기서는 신호를 보내는 것도 해서는 안 된다.

일단 화경이라면 그것을 알아차리기 때문에 우르르 사람들이 몰려나올 것이 뻔했다.

정작 이자성을 만나러 오기는 했지만, 그가 반란군의 수장이기 때문에 만날 수 없다는 사실을 깨달았다.

이것 참, 나는 이렇게나 바보였나?

장호는 그렇게 생각하며 도시의 성벽을 보았다.

어떻게 할까? 장호는 성벽을 뚫어져라 노려보았다.

그러다가 문득 생각했다.

황밀교, 이자성 이 둘이 벌이는 민란과 대전쟁이다.

장호는 결국 그것에 관여하지 않기로 마음먹었다.

그렇다면 이자성을 만나 황밀교의 의중을 안들 무슨 상관이란 말인가? 머나먼 이곳까지 달려왔으나 이제 와서 결론을 내리자면 저들의 일에 끼어들 게 아니라면 결국 이 모든 일은 쓸데없는 일이었다.

"하하."

장호는 작게 웃고 말았다.

그랬다.

쓸모없는 일이다.

나라가 망한다면 그건 어쩔 수 없는 일.

이 나라의 쇠락은 이미 백성들이 원하는 바.

그렇다면…….

"준비를 해둬야겠어."

장호의 두 눈이 가늘어졌다.

강해져야 한다.

그리고 준비를 해야 한다.

이런 상황이라면 의선문의 준비만으로는 부족했다.

일만의 문도를 보유하고, 그들에게 영약을 공급하며 세력을 크게 확장하고 있기는 하다.

하지만 전란이 일어나면 그 정도로는 부족하다.

군권을 손에 넣든가 최소 삼만 명 정도의 무인을 보유해야 하지 않을까?

장호는 일단 물러서기로 했다.

여기서 얻을 것은 아무것도 없었다.

그렇게 생각하며 몸을 돌릴 때다.

"가시려는가?"

뒤쪽에서 목소리가 들려왔다.

흠칫!

이렇게 가깝게 소리가 들리도록 알지 못하다니.

장호는 소리가 들려온 곳으로 천천히 몸을 돌렸다.

그곳에는 청수한 인상의 젊은 청년이 갑주를 입은 채 서 있었다.

갑주는 낡았지만 길이 잘 들어 있었다.

청년은 조금 유약해 보였지만, 그 두 눈에서 나오는 형형한 빛이 그런 인상을 지워주었다.

"이자성?"

"사람들은 그리 부르지. 그대는 장호가 맞나?"

"맞소. 내가 장호요."

"그리 존대할 필요는 없네. 그대가 사마밀환의 주인이라는 사실 정도는 알고 있으니까."

이자성의 말에 장호의 이마가 찌푸려졌다.

사마밀환의 주인이라…….

"그렇게 생각하나?"

"그렇게 생각하지. 사실 아니라면 아무리 자네가 의선문의 진전을 이었다고는 해도 이리 강해질 수 있을까?"

이자성과 장호는 스스럼없이 이야기를 나누기 시작했다.

"그대가 이리로 온다는 이야기는 전해 들었지. 그래, 무슨 일로 왔는가?"

"중요하지만, 사실은 의미가 없는 질문을 하기 위해서."

"그게 무엇이지?"

"황밀교가 원하는 게 정확히 무엇인지 알고 싶어서 왔네."

장호의 말에 그는 빙그레 미소를 지었다.

"그들의 목적은 단지 하나일세. 살아남는 것. 이해 안 되나?"

장호는 고개를 끄덕였다.

"어디 보자. 좀 옛날 일이네. 살천마제라는 위인이 나타난 적이 있었지. 그는 참으로 강했다네. 현경 그 이상의 경지에 올랐다고 전해지거든. 그 당시에는 천하에 요괴나 마선 같은 존재들이 존재했다고 전해지는데, 그들 모두가 살천마제에게 죽임을 당했으니 얼마나 대단한 존재인지 알겠나?"

살천마제? 이건 또 무슨 이야기인가?

"신화적인 이야기라 사실 아는 이가 거의 없지. 그 이후에 강호에 이렇다 할 이가 나타나지 않았는데 진환마제라는 자가 나타났지. 사마밀환을 만든 자일세."

"그래서?"

"그래서는, 그들은 이상할 정도로 이계(異界)에 속한 자들을 죽이고 다녔다네. 요괴와 같은 지성을 가졌으나 사람과는 다른 존재의 구 할 이상이 사멸하고 밀법과 주술을 다루는 이들 역시 어마어마한 수가 죽었지. 그뿐인가? 과거에는 현경에 오른 이들이 제법 많았네. 적어도 한 시대에 백여 명 정도는 되었지. 지금은 어떤가? 은룡문과 황밀교를 제외하면 현경에 이른 이가 겨우 두 명밖에 없어. 비전이 끊긴 거지."

이자성은 웃으며 말을 이었다.

"황밀교는 사마외도라 불리는 무리가 모여서 만든 자생 집단이네. 그들의 목적은 생존이고 명맥을 잇는 거지. 그들은 늘 생존의 위협을 받고 있었거든."

"그 이상한 이야기로군."

"믿어지지 않겠지? 하지만 천리에 간섭할 수 있는 자들이 바로 그 살천마제와 진환마제였거든."

"그래서 황밀교는 걱정할 것 없다 이건가?"

"물론이네. 그들은 이 세계를 지배할 마음도, 그럴 여력도 없어. 다만 암중에서 세계를 조율하고 싶어 하지. 그들의 생존에 직결된 문제니까 그럴 수밖에. 하지만 그렇다고 해서 그들이 위협적이지 않은 건 아니네. 그들의 방식에 자네가 문제가 된다면 자네를 제거하겠지."

장호는 불쑥 물었다.

"노동제일문의 전승자 단삼이라는 자는 누군가?"

"그 이야기는 어디서 들은 건가?"

"남방의 독선이라는 자가 말해주더군."

"하하하! 그 작자는 참 남의 문파 일을 잘도 주절거리는군."

이자성의 두 눈에 스산한 살기가 스치고 지나갔다.

"진환마제, 살천마제, 그리고 노동제일문주 단삼. 이 세 명은 거의 같은 경지에 이른 것으로 추정되는 이들일세. 세 명 다 신선지경에 이르렀다고 알려졌지. 진환마제와 살천마제는 이형적 존재들을 배격하고 죽이며 돌아다녔다면 노동제일문주는 이형의 존재라고 해도 배격하지 않고 포용하였네. 다만 한 가지가 문제였지."

"한 가지?"

"그는 천리에 간섭하여 선하지 않은 자가 큰 힘을 가지는 것을 금지했거든. 혹시 말일세, 재수가 없다는 말이 무슨 의미인지 아나?"

갑작스러운 뚱딴지같은 소리에 장호의 표정이 일그러졌다.

"운을 이야기하는 건 아니겠지?"

"맞아. 운을 이야기하는 거야. 운, 이게 참 중요한 거라는 걸 알아주면 좋겠군."

"왜지?"

"현경의 절대고수도 운이 없으면 죽거든."

그건 몹시 이상한 이야기였다.

운이 없으면 죽는다?

"운이라는 건 이 세상 전체를 감싸고 있는 힘일세. 예를 들어 어떤 사람이 절벽에서 떨어졌다고 하지. 그런데 거기에 절세고수의 비급과 영약이 있는 거야. 얼마나 운이 좋은가? 반대로 해볼까? 현경의 절대고수가 두 명 있네. 둘이 싸웠어. 그런데 한쪽은 그날따라 운이 너무 없는 거야. 바람이 갑자기 분다거나, 먼지가 생긴다거나, 비가 내린다거나 등 그에게 불리한 천재지변이 일어나는 거지."

그제야 장호의 표정이 심각해졌다.

"단삼이라는 자가 그런 일을 할 수 있다고?"

"그럼. 능히 할 수 있네. 할 수 있고말고."

"그건……."

"아아, 이미 인간의 경지가 아니네. 현경의 경지가 대단하다고 하나 어찌 사람의 운명과 운세에 관여할 수 있겠나? 그래서 신선지경이라고 하는 게지."

장호는 그제야 황밀교의 태도를 이해할 수 있었다.

그들은 선도 악도 아니었다.

그러나 과거 살천마제와 진환마제라는 자에 의해서 어마어마한 수가 학살당하였고, 지금에 와서는 단삼이라는 자에게 그 운명을 강요받고 있었다.

선의를 강요받는다.

그건 옳은 것인가, 그른 것인가?

악은 사라져야 한다고들 말한다.

그렇다고 선을 강제해도 옳은 것일까?

"자, 이제 궁금증은 풀렸을 테고, 그럼 이제는 내가 질문해도 될까?"

"말해보게."

"자네는 나와 손을 잡을 용의가 있나?"

장호는 그를 보며 즉답했다.

"상황에 따라서."

"상황이라……."

"그대가 원하는 건 뭔가? 만민을 위해서라는 것은 알아. 그렇다면 그 계획은? 내 듣기로 북쪽에서 누르하치라는 자가 여진족을 모아 군세를 형성하고 있다 하던데, 어쩔 생각이지?"

"황제가 되는 거지."

이자성의 말에 장호가 멍한 표정이 되었다.

"황제?"

"그래, 문제 될 것 있나?"

"네놈의 야욕 때문에 이 일을 벌인 건가?"

"이런 이런, 황제가 뭐 대수라고 그러나? 내가 황제가 되려는 건 만민의 행복을 위한 수단이지 목적이 아닐세."

이자성이 딱 잘라서 말했다.

"부귀영화를 원했다면 황궁에 투신하여 몰래 환관과 황제를 세뇌하든지 제거하면 그만. 내가 그런 일을 못 할 것 같나? 이 민란은 필요하기 때문에 하고 있는 걸세. 필요하니까."

"필요하다?"

"내가 어느 날 황궁을 장악했다고 해보지. 그리고 각지의 부정부패를 뽑는 일을 단행한다고 해보자고. 그래서 이 나라의 백성들이 평화롭게 되었어. 그렇게 되면 어떻다고 보나?"

장호는 대답할 수 없었다.

"모르겠지. 후후후후후, 그렇게 된 나라의 백성들은 자생력을 잃게 된다네. 그리고 길들여진 가축처럼 되어버리지. 그래서 필요한 거야. 백성들 스스로가 피를 흘려서 나라를 전복시키고 나라를 세울 필요가 있는 거지. 쟁취! 그를 위해서 많은 이가 죽겠지만 그럼에도 해야만 하는 일일세."

이해할 수 없는 이야기였다.

그렇기에 장호는 그저 이자성을 바라보기만 했다.

"그대가 현경이 된다면 알 수 있을 거야. 독선을 만났다면 심독에 당했을 텐데 현경도 아니면서 어찌 살아났는지 궁금하군그래."

이자성은 그리 말하더니 허리춤의 검으로 손을 가져갔다.

"나의 계획은 이러하다네. 군대를 격파하고 북경으로 진군, 그리고 황제를 처단하여 그를 제물로 바쳐 새로운 나라를 설립한다. 그리하여 내가 황제가 되고 청렴결백한 황조를 세운다면 백성들은 평화와 행복을 얻게 될 것이야. 그러기 위해서 나는 인외적인 힘을 써서는 안 되지. 이건 어디까지나 민란에 속한 백성 하나하나에게 의지를 불어넣기 위해서 하는 일이니까."

현경인 그를 막을 자는 같은 현경 외에는 없었다.

그렇기에 사실 그가 선봉에 선다면 전쟁은 필승일 것이다.

하지만 그는 그렇기에 자신이 선봉에 서지 않고 전략전술로만 관군을 상대하고 있다고 말하고 있다.

만약 그가 선봉에 서서 싸웠다면 이미 관군이든 황궁수호군이든 전부 박살이 났으리라.

사실이 그랬다.

장호만 해도 그럴 수 있다.

지금의 장호는 현경에 비하면 반 수 뒤처지지만 화경에 이른 이들은 싹 정리할 수 있으니까.

"그래서 하는 말인데 그대의 의중을 알고 싶군. 나와 손을 잡겠나? 아니라면 오늘 여기서 그대는 살아 나갈 수 없을 걸세."

이자성의 기세는 달라지지 않았다.

하지만 장호는 그런 그를 보며 고개를 내저었다.

"아니. 나는 그대와 손을 잡지 않을 것이다."

"그러면 어찌할 생각인가? 이 썩어빠진 명제국과 함께하겠나?"

"독자생존!"

장호는 짤막하게 답하고 두 손을 늘어뜨렸다.

"홀로 길을 간다는 건가?"

"그대들의 싸움은 사실 내가 알 바 아니지. 만민을 위한다는 것에는 공감이 가나 그를 위해서 이런 대전쟁을 일으켜야만 했다는 이야기는 사실 이해할 수 없어. 그런 이야기에 나뿐만이 아니라 나를 따르는 이들을 위험에 처하게 한다는 것은 말이 안 되는 이야기지."

장호의 말에 이자성이 고개를 끄덕였다.

"그대의 입장이라면 그렇겠지. 안타깝군. 현경이었다면

우리는 더 나은 이야기를 할 수 있었을 텐데."

창!

이자성이 검을 뽑아 들었다.

그 검에는 시퍼런 예기가 흐르고 있었다.

"의천검이라네. 과거 조조가 썼다지."

웅웅웅웅웅!

그 검에서 빛이 일어났다.

강기!

"자, 그러면 싸워보세. 나는 자네를 죽여야 하니."

그리고 두 사람은 격돌했다.

*　　　*　　　*

강하다.

장호가 생각한 것은 그것이었다.

우선 빨랐다.

이자명은 두 자루의 검을 들었는데 그 검의 속도가 어마어마하게 빨랐다.

아니, 검만이 아니다.

그의 전체적인 속도가 극쾌라고 할 만했다.

강호에 출도한 이래 이렇게 빠른 이는 장호로서도 처음

이다.

그래서 장호는 생각했다.

더 빨리, 더 빠르게.

우득, 우드드득, 으지지직.

육체가 순식간에 반응하며 변화를 시작했다.

생육선의 경지는 바로 육신을 자유자재로 조종하는 경지이다.

본래 무인들은 단련된 육체에 내공을 부여하여 스스로를 강화한다.

그러나 장호는 육체 자체를 변형시킬 수 있었다.

말의 폐활량은 사람의 몇 배에 달한다는 것을 아는가? 곰의 근육은 어떠한가? 독수리의 눈은? 늑대의 후각은?

장호의 의지에 따라 육신이 변화하고, 순식간에 이자명의 극쾌의 속도를 따라잡을 수 있게 변화했다.

스팟!

카캉!

순수하게 육신의 힘이 그를 따라잡은 것이다.

그의 눈에 이채가 서렸다.

"내 속도를 따라오다니 현경에 이른 자가 아닌데 어떻게 그게 가능하지?"

"글쎄."

장호는 답을 하지 않았다.

과연 현경에 이른 자.

극쾌의 속도만으로도 상대를 압도하기에 충분해 보였다.

그러나 이건 어디까지나 능력이지 기술이 아니다.

그리고 이제부터 이자성이라는 자 역시 전력을 다할 터.

장호는 그를 보며 손을 뒤집었다.

육박전은 장호의 장기지만, 상대가 자신보다 강하기에 육박전을 할 이유가 없었다.

콰쾅!

어마어마한 열양지기가 화탄처럼 터졌다.

만근의 화약이 터진 듯한 폭음과 폭발력이 주변을 뒤덮었고, 그 어마어마한 위력에 이자명도 급히 뒤로 물러섰다.

"태양신공? 흑점을 통해 구했나?"

이자성의 질문이 날아들었지만 장호는 대꾸하지 않고 그를 보았다.

그리고 그의 팔에 미세한 상처가 난 것을 발견했다.

육신의 방호력은 그다지 좋지 않았다.

그렇다면 점이나 선이 아닌 면으로 공격한다.

장호는 즉시 결론을 내리고 다시 두 손바닥을 쫘악 펼쳤다.

"어딜!"

그 순간이다.

천지가 쪼개지는 기세와 함께 검이 직선으로 날아들었다.

이자명이 검을 던진 것이다.

이기어검!

게다가 검에서 시퍼런 광채가 일어났다.

강기!

장호는 그 일검을 무시하고 두 손을 흔들었다.

태양신공 십이초 태양만천.

화아아악!

고압, 고열의 기운이 장호의 두 손바닥에서부터 연달아 터졌다.

장호를 중심으로 방사형으로 거의 십 장에 달하는 지역이 단번에 뒤집어졌다.

전설의 화탄인 벽력문의 벽력탄이라고 해도 믿을 위력.

그러나 그 폭발을 뚫고서 검은 날아들었다.

장호는 그 검을 향해 손을 내밀었다.

단단해져라.

그 무엇보다도.

우드득!

장호의 두 팔의 피부가 응고된다 싶었고, 동시에 이기어검의 검과 두 손이 충돌했다.
쩌어어엉!
어마어마한 소리가 났다.
장호의 두 팔에 길게 자상이 생겼다.
그러나 그저 피부가 잘렸을 뿐이다.
스륵, 스르르륵.
그러나 그 피부 역시 빠르게 아물기 시작했다.
괴물 같은 회복 속도는 보는 이를 경악에 빠뜨릴 만했다.
그리고 동시에 장호는 뒤로 몸을 날렸다.
상대와 자신의 거리는 이미 십오 장에 달했다.
게다가 검은 방금 전의 충격으로 힘을 잃었다.
이때가 기회!
펑!
장호는 빠르게 도주를 시작했다.
비록 경신보법의 경지는 낮으나 육체의 힘이 워낙 대단하여 무시무시한 속도로 내달리기 시작했다.
이자성은 쫓으려 하다가 그 모습을 보고는 멈추었다.
"내 검을… 피륙으로 막아내다니……."
이자성은 허공섭물로 의천검을 끌어당기며 중얼거렸다.
장호의 도주를 막으려면 그가 전력을 다해야 하고, 또한 꽤나 오랜 시간 장호를 뒤따라야 한다.

일군을 다스리는 대장군으로서 그런 일은 있을 수가 없는 법.

"장 문주, 부디 적으로 만나지 말기를."

그는 그리 말하고는 몸을 돌렸다.

* * *

"현경에 도달한 것이 아닌데 살아났다고?"

"그렇습니다."

"하하하! 확실히 신기한 인사야. 정말 사마밀환의 주인이 아닐지 의심이 되는걸."

남방의 독선, 그는 돼지고기를 집어 먹으며 중얼거렸다.

"뭐, 아무래도 좋겠지. 이제 슬슬 누르하치를 부르자고."

그의 명령이 떨어졌다.

第八章

방향을 잡다

방향이 잘못되면 속도는 의미 없다.

간디

"후……."

장호는 짐짓 한숨을 내쉬었다.

이자성, 은룡문의 고수.

오행당 중에서 어느 쪽의 인물인지는 알 수 없으나 그 강함은 진짜였다.

장호가 선천의선강기를 수련하고 외공을 익힌 이래로 이렇게 쉽게 그의 피륙을 가른 자는 없었다.

물론 강기가 서린 이기어검을 팔만으로 막아낸 것 자체가 더 대단한 일일 수도 있지만 대단한 것과 승리는 별개의 것.

때문에 장호는 속으로는 적잖이 놀라면서도 잘하면 상대를 이길 수도 있다는 생각이 들었다.

상대는 빠르다.

그리고 날카롭다.

그러나 그 육신은 장호의 일격을 제대로 버티지 못할 것이 분명해 보였다.

뼈를 주고 살을 취한다.

제대로 성공시킨다면 승자는 장호가 될 것이다.

하지만 그것이 쉬운 일이 아니라는 것도 잘 알고 있다.

우선 황밀교와 이자성의 의중과 생각은 확인했다.

그것만으로도 큰 수확이다.

알고 행동하는 것과 모르고 행동하는 것에는 크나큰 차이가 있으니까.

게다가 이자성과의 일전으로 장호는 자신이 나갈 방향에 대해서 한 가지를 알게 되었다.

더 강해지는 것.

그것의 비밀은 육신에 있었다.

"일단은 군대부터 육성해야겠어."

장호는 머릿속으로 계획을 하나씩 생각해 나갔다.

그리고 재빠르게 이동하기 시작했다.

*　　*　　*

장호가 움직이는 동안 중원은 격변하고 있었다.

이자성은 광동성에서 무림연합군과 황궁수호군을 맞이하여 치열하게 싸웠다.

이자성 측에는 흑사칠문 중 세 곳이 참여하였고, 상당한 수의 낭인이 모여들었다.

애초에 사파는 범죄 집단이다.

때문에 반역을 두려워하는 그런 자들이 아니었다.

물론 그들 뒤에는 황밀교의 입김이 들어가 있었지만 어쨌든 무림연합군은 대패하고 말았다.

황궁수호군 역시 반 토막이 났으며, 반란진압군은 모이지도 못하고 각지에서 전투에 돌입했다.

광동성의 이자성뿐만이 아니었기 때문이다.

도처에서 민란이 일어났고, 현재 남부의 주요 지역들은 행정이 마비가 되는 지경에 이르렀다.

장호는 북상하면서 하오문을 통해서 그런 정보들을 전부 얻을 수 있었다.

사태는 생각보다도 심각했다.

이미 북쪽에서는 누르하치라는 자가 움직이고 있는 와중

이지 않는가.

그런데 민란이라니.

그들의 말은 틀린 것이 하나도 없었다.

때문에 장호는 자신의 본거지로 되돌아가고 있었다.

어차피 나라가 망할 거라면 그 이후를 생각해야 하기 때문이다.

장호는 스스로를 대단한 위인이라고는 생각하지 않았다.

전생을 알고 의선문의 진신절학인 선천의선강기의 본래의 공능을 알았기에 여기까지 온 것일 뿐.

그러니 할 수 있는 일을 해야겠다고 장호는 생각했다.

최선을 다한다.

그저 최선을 다할 뿐.

그리고 이제는 그 방향을 달리해야 한다.

세계가 변화한다면 그에 맞추어야 하니까.

* * *

장호는 아주 빠르게 움직였다.

중원 전체가 혼란스러우니 재빠르게 움직여야 했다.

그 결과 겨우 열흘 만에 산서성에 도착하고, 다시 삼 일 만에 의선문에 도착했다.

강호의 그 누구도 이렇게 빠르게 이동할 수 없을 거라고 장담할 수 있을 정도였다.

장호가 의선문에 도착했을 때에는 야심한 시간이었다.

장호는 정문이 아닌 담장을 넘어서 그대로 임진연을 향해 움직였다.

의선문은 장호의 것.

인의 장막이라고 할 만큼 많은 수의 사람이 경계를 서고 있지만, 장호는 그 구조를 훤히 꿰고 있어서 무리 없이 스며들 수 있었다.

그렇게 도착한 곳은 임진연의 침실이 자리한 전각이다.

그는 조용히 침실로 스며들었고, 잠에 빠져든 임진연을 볼 수 있었다.

임진연은 화후가 깊어질수록 이제는 아예 여자로밖에는 보이지 않는 외모가 되어가고 있는 중이다.

아니, 사실 가슴과 성기만 빼면 이미 여자 그 자체였고, 여성 중에서도 절세미녀에 속하는 외모를 가지고 있다.

본래도 곱상했지만 지금은 귀기마저 흐르는 색기를 가졌다.

보드라워 보이는 붉은 입술, 잡티 없이 뽀얀 피부는 꿀이 흐르는 듯하다.

장호는 잠시 임진연의 자는 모습을 바라보다가 입을 열

었다.

“임 총관, 야밤에 미안하지만 일어나 줄 수 있겠나?”

장호의 목소리에 임진연의 두 눈이 번쩍 뜨이며 쌍장을 휘둘렀다.

그러나 휘두르려는 찰나 그는 우뚝 멈추었다.

본능적으로 몸이 움직였지만 상대가 누구인지를 보고서 멈춘 것이다.

“문… 주님?”

“자는데 미안해.”

“아, 아니에요. 그런데 언제 돌아오신 건가요?”

“지금 돌아왔지. 그리고 미안하지만 이야기를 좀 나눌 수 있을까?”

“예, 괜찮아요. 아, 그런데 지금은 침의라…….”

침의, 잠옷을 말한다.

그렇지 않아도 그의 옷은 제법 얇았다.

그 속살이 비쳐 보일 정도로 느슨했고.

“기다리지.”

“예, 그러면 잠시.”

임진연은 장호 앞에서 옷을 하나하나 벗었다.

그건 어찌 보면 지독하게 유혹적이었지만 장호는 눈 하나 깜짝하지 않았다.

이윽고 임진연이 옷을 다 갈아입었고, 둘은 침실 옆의 작은 다실로 이동했다.

다실로 가서 임진연은 스스로 차를 끓였다.

"문주님, 이 야밤에 급히 저를 찾아오신 이유가 뭐죠?"

"심각한 상황이야."

"어떤 부분이요?"

"말하자면……."

장호는 상황을 설명했다.

적어도 아홉 명 정도 되는 현경의 존재, 그리고 명제국은 이미 망했다고 보아야 한다는 것.

이자성은 황제가 되기로 계획을 짰고, 황밀교는 조금 다른 꿍꿍이를 가지고 있는 상황.

여진족이 북쪽에서 준동하고 있고, 제갈세가는 명제국이 멸국할 것을 염두에 두고서 일을 꾸미고 있는 것.

"복잡하군요."

"이 상황에서 어느 한쪽과 손을 잡는 것도 위험할뿐더러 우리는 위치상 꽤 멀리 떨어져 있지."

"예. 산서성이니까요."

"그래서 생각해 본 결과 우리는 독자 생존을 해야 한다는 결론을 내렸어. 그러기 위해서는 군대를 장악해야만 해. 또한 현재 일만인 문도를 최소 세 배인 삼만까지 늘려야 하고."

"관군을 손에 넣으면 약 이십만입니다. 산서성에 흩어진 관군이 십만, 국경 부근에 있는 것이 십만이니까요. 국경의 군대는 몽고족을 견제하니 그렇다면 남은 것은 십만. 하지만 가능하시겠습니까?"

"그건 네가 생각해 봐야지. 유 총관과 방도를 마련해 봐."

"으음. 해보겠어요."

"그리고 현재 본 문의 휘하에 있는 이들의 수는?"

"현재 거의 백이십만에 달합니다."

"산서성의 인구가 약 오백만이던가?"

"예."

"거의 오분지 일이로군."

"예."

"좋아, 보의대 소속으로 모으도록. 본 문에 속하지 않은 소작농들을 대상으로. 파격적인 대우를 해줘. 예산은 넉넉하게 모아둔 것이 있으니. 그리고 무공 전수와 함께 관군 훈련을 시켜둬."

"얼마까지 모을까요?"

"오만."

"오만. 알겠습니다. 관군을 손에 넣지 못할 때를 대비한

포석이군요. 현재 저희의 정예 일만에 군대와 비슷한 오만, 얼추 육만의 군대이니 이 정도면 천하 제패도 노려볼 만합니다."

"맞아. 그리고 군인 출신을 알아봐. 지휘관 계급으로. 청렴해서 배격당한 이들이 제법 있겠지."

"예, 준비하지요."

장호는 그렇게 다실에서 임진연과 여러 가지 대화를 나누었다.

세계가 그렇게 움직인다면 장호 역시 제대로 움직여야 했다.

*　　　*　　　*

"후우우우우우!"

문파의 방향을 정한 장호는 수련을 시작했다.

굳이 폐관을 할 필요는 없었다.

다만 하루의 대부분을 수련으로 보냈다.

수련 방법은 사실 간단했다.

극한 체험, 즉 장호는 자신의 육신을 괴롭히기 시작했다.

생각해 보면 오래전에 잊고 있던 것이기도 하다.

본래 사람은 수련을 위해서 몸을 혹사한다.

없는 근육을 만들기 위해서는 근육을 자주 사용해 혹사시켜야만 한다.

그리하면 근육은 점점 질기고 단단해지며 큰 힘을 쓰게 된다.

그러나 사람의 신체는 단련하는 데 한계가 있다.

일정 수준이 되면 힘도 속도도 더 이상은 늘어나지 않았다.

때문에 강호의 무인들은 그 이후에는 내공과 초식을 수련하는 게 보편적이었다.

여기에서 중요한 것이 외공이다.

외공은 육체의 단련을 계속하게 해주는 무공이다.

내공을 육신에 적용해서 육체를 강화하는 것이다.

외공이라고 하면 보통 육신을 단단하게 만드는 것만 생각하는 경우가 많은데 사실은 그렇지 않았다.

외공은 여러 종류가 있고, 그중에는 감각을 활성화시키는 것, 근력을 강하게 해주는 것, 속도를 빠르게 하는 것들이 있다.

신공절학급 외공은 육체의 모든 것이 강화된다고 알려져 있었고, 장호의 마혈신외공이 그러한 경우였다.

그러나 이런 외공 역시도 한계가 있었다.

하긴 세상에 한계가 없는 것이 어디 있겠는가?

그러나 장호는 달랐다.

정확히는 생육선의 경지에 들어서면서 달라졌다.

생육선은 한계 너머로 성장하는 문을 열어주었으니까.

육체가 무한하게 강해진다.

그게 바로 생육선의 진정한 공능이었다.

육신을 자유자재로 제어하고 조종하는 것뿐만이 아니라 무한으로 강해지는 것.

실제로 장호는 이자명과 싸우는 사이에 적어도 오 푼 정도 육신이 더 강해졌다.

그 말은 반대로 말하면 이런 것이다.

한계에 부딪칠수록 육신은 더 강해진다!

어쩌면 이것이야말로 생육선, 선천의선강기의 진정한 효능이 아닐까?

여하튼 장호는 그런 이유로 수련을 하고 있었다.

수련 방법은 아주 간단했다.

장호 스스로가 한계 이상으로 육신을 혹사시키는 것이다.

지금 하고 있는 것은 그런 수련 중 하나였다.

후웅, 후웅!

오천 근(3톤).

보통 사람은 들어 올릴 수 없는 무시무시한 무게이다.

특별히 제작한 거대한 역기를 장호는 지금 두 손으로 들어 올렸다가 내려놓고 있었다.

천 근이 아니다.

천 근을 들어 올리는 이는 강호에도 제법 존재한다.

그러나 오천 근을 들어 올리는 이는 전무했다.

그런데 장호는 지금 오천 근짜리 역기를 들고서 몸에 구슬땀을 흘리는 중이다.

문파에 돌아오자마자 장호는 이렇게 육체를 강화하는 수련에 돌입했다.

힘을 측정한 결과 현재 만 근도 가능했다.

그러나 이게 딱 좋았다.

그리고 놀라 버렸다.

오천 근이라니?

이미 인간이 들 수 있는 한계를 아득히 넘어버린 것이다.

흔히 만근거석이라고 한다.

이건 인간이 혼자 들 수가 없다.

다수가 달라붙는다고 해도 도구가 없다면 들 수 없는 무게다.

그런데 그 절반의 무게를 수련 삼아 들고 있다.

게다가 한계도 아니다.

들고 수련할수록 육체가 삐걱삐걱 소리를 내면서 자라나

는 게 느껴진다.

순수한 악력만으로 사람의 육신 정도는 가볍게 잡아서 찢어버릴 수 있을 것 같았다.

여기에 내공을 섞으면 어떻게 될까?

더 어마어마한 위력이 나온다.

보통 강호인들은 육신을 한계까지 수련한다.

수련한 사람과 안 한 사람의 육체적 성능은 보통 세 배 정도 차이가 나는 것으로 알려져 있다.

수련한 사람이 십 년의 내공을 가지고 있다면, 순간적으로 그는 거기서 세 배의 힘을 발휘할 수 있다.

일반인보다 아홉 배의 힘을 낼 수 있는 것이다.

보통 일반인은 백 근(60킬로그램)을 들고 몇 걸음 움직이는 게 보통인데, 십 년의 내공을 가진 강호인은 내공을 사용할 경우 구백 근의 무게를 감당할 수 있었다.

이 정도면 충분히 초인이지만, 내공이 깊어질수록 감당 가능한 무게는 더 늘어난다.

예를 들어 내공이 삼 갑자가 되면 적어도 스무 배 정도는 감당이 가능할 것이다.

그렇게 하면 이천 근(1,200킬로그램)이다.

그런데 보라.

장호는 지금 순수한 근력으로 오천 근의 무게를 감당하

고 있다.

내공을 적절히 사용하면 그 배수만큼 힘을 쓸 수 있으니 장호는 만 근도 능히 감당이 가능하다는 이야기가 된다.

어쩌면 이자명과 생사결을 해도 이기지 않을까?

장호는 그렇게 생각될 정도였다.

아니, 어쩌면 진실일 수도 있다.

이 정도 근력이면 완력으로만 휘두른 일격이라고 해도 상대를 산산조각 내고 말 테니까.

하지만 장호는 조바심 내지 않았다.

더 강하게, 더 강하게 육신을 혹사시킬 뿐.

육체 자체를 강하게 만든다.

그게 장호가 생각한 현경에 이른 이들을 이기는 법이었다.

공격?

이겨내면 된다.

속도?

더 빨라지면 된다.

기술?

힘으로 밀어붙이면 된다.

그렇다.

답은 간단했다.

압도적인 신체 능력, 그것이 바로 생육선이 올바르게 가야 할 길이었던 것이다.

애초에 장호는 무도(武道)를 익히는 이가 아니었다.

무공은 무를 쌓는다는 의미인데, 장호는 무를 쌓는 사람이 아니다.

애초에 의원이었고, 무공도 필요에 의해서 익힌 것뿐이다.

그러하니 이게 맞았다.

그 결과는 장호가 생각하는 것 이상으로 그를 강하게 만들어주고 있었다.

그 사실은 강호 그 누구도 알아차리지 못했다.

장호 스스로도.

* * *

시간은 제법 느리게 흐르는 것 같았지만 몹시 빨리 지나갔다.

광동성의 이자성의 반란을 진압하려던 이들은 거꾸로 패퇴하고 말았다.

무림맹의 인사들도 많은 이가 죽고 다친 것은 물론이다.

흑사칠문 중 봉문한 오독문과 멸문한 시령각을 제외하고

는 모두 이자성에게 달라붙었기 때문이다.

구도는 정사대전이 되었다.

황밀교는 제대로 나타나지도 않았다.

그런데 문제는 군대였다.

관군과 황궁수호군이 이자성의 군대에 형편없이 밀린 것이다.

그것은 기실 제대로 군세를 형성하지 못한 관군 때문이었다.

각지에서 민란이 일어나 제대로 된 군세가 만들어지지 못한 것이다.

결과적으로 이자성의 반란은 성공했다.

삼 개월이 지나기 전에 광동성을 벗어나 그 옆의 광서성을 함락했다.

광서성에는 나여재라는 자가 민란을 일으켰는데, 그와 협동하여 광서성의 관군을 패퇴시키고 광서성을 집어삼킨 것이다.

나여재는 이자성의 아래로 들어왔다.

이자성은 스스로를 틈왕이라 칭하고 광서성과 광동성을 합해 만든 나라를 대순(大順)이라고 명명하였다.

그렇게 대순국이 들어섬과 동시에 가을이 지나고 겨울이 찾아왔다.

겨울에는 군대를 움직이지 않는 것이 보편적이라 전쟁은 잠시 조용해졌다.

관군, 그리고 민란군 양측 모두 제대로 움직일 수 없었던 것이다.

그럴 수밖에 없는 것이 제대로 된 보온 방법이 없는 중원에서 겨울의 이동은 집단 동사의 위험이 있었다.

그런 이유로 전쟁은 소강상태를 맞이했지만 암투는 심해졌다.

고수들에게 추위는 제법 위협적이긴 해도 반드시 제한받는 정도는 아니기 때문이다.

하지만 문제가 있었다.

무림맹의 인사들이 압도적으로 불리하다는 것.

그 결과 무림맹의 절대고수들이 모여들었다.

"말 좀 해보시게나."

개방의 전대방주 구지신개.

그가 앉아서 주변을 둘러보고 있었다.

그는 강호십대고수의 일인이기도 하고, 어쩌면 현경에 들어갔을 수도 있다는 추측이 있던 절대고수이다.

그가 앉은 작은 회의실에는 그를 포함하여 네 사람이 앉아 있었다.

강호십대고수에 속한 자들이다.

모두 화경의 끝자락에 도달한 인물들로 천하삼존을 제외한 정파에 속한 절대고수들이 이들이다.

"말은 무슨 말, 이미 이 꼴이 났는데 어쩌라는 게야?"

꼬장꼬장하게 생긴 노인이 말했다.

머리에 도관을 쓰고 몸은 말랐다.

눈은 게슴츠레한 것이 어째 신경질적인 모양새다.

그러나 이 노인을 아는 자라면 누구도 그에게 신경질적이라고 하지 않을 것이다.

그가 바로 무당파의 전대 무당제일검인 검왕이었으니까.

걸왕 구지신개.

검왕 선허자.

권왕 황보신패.

도왕 팽도선.

이들이 바로 정파에 속한 강호 십대고수이다.

"꼴같잖은 연합군이라는 걸 세울 때부터 염병 같았는데, 일도 아주 염병같이 되었군. 근데 뭘 어쩌라고?"

검왕 선허자의 말은 그의 외모만큼이나 배배 꼬여 있었다.

"거 맞는 말 했네."

덩치가 산만 한 노인이 말했다.

얼굴에는 주름이 꽤 있지만 터질 듯한 근육은 젊은이보

다 더 대단했다.

이 사람이 권왕 황보신패다.

거력을 기본으로 하여 막대한 내공을 쌓은 권법의 고수.

일권에 산을 허문다고 해서 과거에는 거력패산이라는 별호로 불렸다.

"우리 쪽 애들도 꽤 죽었더군. 하지만 그렇다고 끼어들 수도 없어."

실눈처럼 가느다란 눈매의 노인이 말했다.

외모도 평범하고 체구도 평범하다.

눈이 가는 것을 빼면 전체적으로 평범하지만 과거에는 일도일살이라는 무시무시한 별호로 불리던 이가 바로 이 노인이다.

도왕 팽도선.

오호단문도법을 극성으로 익힌 하북팽가의 전대가주이기도 하다.

다들 쟁쟁한 신분에 강호 최고의 무력을 가진 이들로 알려져 있다.

"그래서 이렇게 개판으로 내버려 둘 건가? 이 정도로 개판이면 우리 애들도 아무것도 못 해."

구지신개가 짜증스럽다는 표정으로 말했다.

그의 말대로다.

민란에, 정사대전 비슷한 싸움에, 거기다 겨울이기까지 하다.

개방이 아무리 대단하다고 해도 이런 상태이면 아무것도 못 한다.

실제로 겨울이 오기 전에 개방은 방도들에게 각자의 거점에서 자중하고 은신하라고 명을 내려둔 상태였다.

현재 무림맹은 강호 전반의 여러 일에 대해서 과거보다 제대로 알지 못했다.

눈과 귀가 모두 막힌 것이다.

실제로 겨울에는 정보력이 둔화된다.

겨울이라는 것 자체가 정보를 차단하니까.

그런데 지금은 민란이 각지에서 일어나고 정사대전도 일어났다.

그러니 더더욱 문제가 될 수밖에.

"뭐 어떤가. 이 기회에 좀 사람 좀 줄어들면 됐지."

황보신패가 심드렁하게 말했다.

그러자 구지신개가 두 눈을 가늘게 떴다.

"이보게, 주먹."

"주먹은 무슨. 이름 불러, 이름."

"주먹이 뭔가 아는 모양인데? 말 좀 해보지그래?"

"응? 주먹이 뭔가 알아? 저 무식쟁이가 머리 쓰는 거야?"

선허자가 고개를 삐뚜름하게 꼬았다.

그러자 황보신패가 삐질삐질 땀을 흘렸다.

"험험, 덥구먼. 이거 불을 너무 땐 거 아냐?"

"한서불침이라고 자랑하던 놈이 무슨 놈의 더위 타령이야?"

팽도선이 일침을 가했다.

"아는 게 뭐야?"

"알긴 뭘, 나보다 거지 네놈이 더 잘 알고 있잖아?"

황보신패는 화살을 구지신개에게 돌렸다.

구지신개의 표정이 험악해졌다.

"뭐야? 너희 둘만 아는 거냐? 비겁한데?"

선허자가 둘을 가재미눈으로 노려보았다.

구지신개가 한숨을 푹 쉬더니 입을 열었다.

"후, 젠장."

"뭔데 그래?"

"이건 극비지만… 아무래도 이 나라, 망할 것 같다."

"엥?"

"응?"

선허자와 팽도선이 제각기 괴상한 표정을 지어 보였다.

"여진족이 통일되었거든. 그리고 현재 일어난 민란 숫자가 무려 열세 군데나 돼."

그 말에 선허자와 팽도선의 얼굴이 굳었다.

"내우외환이라……. 그래서 아예 망할 것 같다고? 황궁의 노괴들은?"

"그 노괴들 나이가 몇인지나 알아? 다들 오늘내일한다고."

"허허."

"그러면 진짜 끝나는 건가?"

"반란으로 뒤집어질지 여진 쪽에 당할지는 모르지만… 확실히 그럴 것 같다고 하더라고."

"누가?"

"제갈세가에서."

"제기랄."

팽도선이 욕설을 내뱉었다.

"그러면 어떻게 하자는 거야? 거지 네 생각은 어때?"

"나는 최대한 반란을 막은 다음 여진을 막자는 주의인데… 다들 그쪽은 생각 없지?"

구지신개의 말에 세 사람은 뚱한 표정이 되었다.

"거지 네 녀석이 애국심이 있는 모양이다만 이 나라는 어차피 망한 나라야."

"그럼그럼. 구제불능이지."

"구할 가치가 있기나 하겠어?"

다른 세 사람은 번갈아가면서 반대 의사를 꺼냈다.
구지신개는 그들의 말에 크게 한숨을 내쉬고 말았다.
"후, 자네들이 그리 말할 줄 알았네. 그렇다면 피해라도 최소화해야지."
"어쩌자는 겐가?"
"무림맹을 해체하세."
구지신개의 발언에 다들 신중한 얼굴이 되었다.
"거지 아니랄까 봐 대의만 좇는다니까. 그거 개방 생각이야?"
팽도선의 말에 구지신개는 고개를 끄덕였다.
"본 방의 방규는 단지 하나, 의를 숭상하라."
"그놈의 의는 얼어 죽을."
선허자가 혀를 끌끌 찼다.
"그러면 개방은 무림맹에서 완전히 빠진다 치고, 우리는 어떻게 해야 하나?"
"우리끼리 조직을 만드는 건 어때?"
황보신패가 묵직하게 말했다.
"우리끼리? 머릿수가 모자라잖아?"
"중소문파 몇 개 끼우면 구색은 그럭저럭 되지. 의선문이라고 했던가? 거기에도 연락 좀 해보고."
네 명의 절대고수는 그렇게 은밀히 이야기를 나누었다.

이는 무림맹과는 전혀 다른 독자적인 노선이었다.

*　　　*　　　*

겨울.

모든 것이 얼어붙는 계절.

큰일은 하지 못해도 작은 일은 얼마든지 할 수 있는 계절이기도 했다.

민란으로 나라가 뒤숭숭해지자 겨울이 오기 전에 이미 산서성으로 상당한 유민들이 들어왔다.

그리고 의선문은 그 유민 중 신체가 건강하고 가족이 있는 이들을 받아들였다.

"하나! 둘! 하나! 둘! 하나! 둘!"

그 수는 무려 육만여 명에 달했다.

이들은 전원 하루를 일용할 양식을 지원받고서 훈련을 받는 중이다.

급여는 많이 주지 않았다.

식량, 그리고 그들이 거주할 거주지와 땅을 주었다.

하지만 그것만으로도 크나큰 은혜였다.

그들의 가족은 추운 겨울이었지만 주어진 도구와 식량을 무기로 하여 땅과 사투를 벌여 밭을 개간했다.

그리고 그들 자신은 겨울임에도 훈련을 받았다.

다만 식량만큼은 풍족하게 지급되었고, 그중에는 고기도 있었다.

그리고 그런 훈련받는 모습을 장호는 높은 곳에서 내려다보고 있었다.

"잘되고 있군."

"물론입니다, 방주님."

유병건 총관.

그는 의방의 총관이라 장호를 방주라 불렀다.

"지금 정도면 어느 정도 수준입니까?"

"적어도 명군의 수준은 됩니다."

"불과 삼 개월 만에?"

"그만큼 명군의 훈련이 엉망이라는 것이지요."

"장비들은요?"

"현재 거의 준비되었습니다. 당장에라도 반란을 일으키고 산서성을 손에 넣는 것도 가능합니다."

"그 이자성처럼 말이로군요."

"예."

"아니, 우리는 그럴 필요가 없습니다. 이자성이 이기면 그곳에 붙으면 되고, 만약 누르하치가 내려와 이긴다면……."

"여진족과 협력하는 것은 재고해 주시는 것이 어떠십니까?"

"왜죠?"

"어차피 타 민족입니다. 그들의 지배는 가혹할 테니까요."

"그런가?"

여진족.

물론 한족과는 다르다.

하지만 민족의 구분을 떠나서 문화가 달랐다.

그들은 초원의 민족이고, 그들이 밀고 내려와 나라를 세운다면 많은 혼란이 일어나고 비극도 있을 것이다.

"어차피 역사는 바뀌었지. 그렇다면……."

장호는 조용히 중얼거리며 유 총관의 말에 고개를 끄덕였다.

"그렇다면 우리는 이자성과 손을 잡아야겠군요."

"예, 그것이 옳습니다."

"알겠습니다. 그리 준비하죠."

"예, 방주님."

장호는 훈련 중인 군대를 보며 고개를 끄덕였다.

그리고 추가로 말했다.

"저들에게도 영약을 지급하고 내공 수련을 시키세요."

“예. 어느 정도 수준으로 맞출까요?”

“십 년.”

십 년의 내공.

그걸 사용하면 일반인에 비해 적어도 세 배 이상은 강한 힘을 쓸 수 있다.

거기에 더해서 신체 단련만 잘하면 적어도 보통 사람의 몇 배는 강한 힘을 쓴다.

그런 군대라면 지금의 허약한 명군 따위는 상대가 안 될 것이다.

문제는 명군이 아니다.

여진의 군대가 문제이다.

그들은 기마민족이다.

몽골, 여진, 선비, 이들은 다들 기마민족이니까.

그들과 초원에서 싸운다면 이기기 어렵다.

그렇다면 방어를 하든가 기마병이 제대로 운신할 수 없는 지역에서 싸워야 한다.

“그리고 기습과 야습에 강한 이들로 훈련시키세요.”

“준비하겠습니다.”

장호의 두 눈이 그의 군대를 보고 있었다.

* * *

의선문이 사병을 준비하고 있는 그 시각, 천하는 혼란에 휩싸여 있는 상태로 멈추어져 있었다.

겨울 때문이다.

하지만 곧 봄이 오기 시작하면 다시금 대환란이 일어날 것은 자명했다.

그리고 이 시각, 명제국의 부패를 만들어낸 장본인인 환관들은 어떻게 하면 이 사태를 해결할 수 있을까 골몰해 있었다.

제독태감 왕진, 대영반 이선.

이 두 사람이 어두운 밀실에서 이야기를 나누고 있다.

"태감, 상황이 어렵습니다."

"알고 있네."

"어찌하시겠습니까? 황밀교가 저들을 은밀히 지원한다면 암살은 무리입니다."

"쯧. 황궁에 그리 인재가 없나?"

대영반 이선은 대답하지 않았다.

아니, 할 수 없었다.

왜냐하면 인재를 찍어낸 것이 바로 왕진과 자신이었기 때문이다.

올곧은 자, 그리고 능력 있는 자들을 일부러 멀리하거나 사고사로 위장하여 죽이기도 했다.

능력 있는 신예들은 그들의 대적자로 자라게 마련이니까.

사실 이 대명제국의 황궁에는 능력 있는 이가 그리 많지 않았다.

부패한 황궁 안에 능력 있는 이들이 제대로 살아남을 리가 있겠는가? 부정으로 얼룩져 있는 이곳은 쓰레기통이나 다름없었다.

물론 대명제국의 심장부이니만큼 숫자는 많았다.

그러나 그들 전부가 다 엉망이었다.

"내가 부덕한 탓이니 어쩔 수 없지. 그렇다면 이제 어찌하면 좋겠나?"

"소인은 그저 태감의 명을 따를 뿐입니다."

대영반.

본래는 환관의 반대 세력이다.

황제 직속의 금의위군을 이끄는 수장이 바로 이 대영반이니까.

그러나 지금은 이 금의위조차도 제독태감의 손에 들어온 지가 오래였다.

명실상부한 일인자가 바로 이 왕진이었다.

그런데 나라가 망해가고 있었다.

그건 왕진으로서도 곤란했다.

그러나 그는 권모술수는 잘 부려도 나라 운영에는 자질이 없었다.

아니, 자질은 있었지만 할 생각이 없었다.

그가 생각하기에 명제국은 천년만년 갈 줄 알았던 것이다.

그러나 그가 생각한 것보다 사태는 심각했다.

이미 나라가 기울고 있었다.

이제 와서 그가 자리를 지키려면 나라를 지켜내어야 했지만, 그간 그가 해온 일이 있어서 그것은 무리였다.

그의 주위에 인재가 없었으니까.

"다 실패했나?"

"예, 태감."

실패했는지 묻는 건 관군과 황궁수호대 이야기였다.

그들이 전부 이자성을 막는 데 실패했다는 이야기다.

"허허, 이렇게 될 줄이야."

"어쩌시겠습니까?"

"일단 두고 보지. 최후의 순간에는 도피해야겠지만."

"준비를 해둬야겠군요."

"그렇다네."

"알겠습니다."

"참, 의선문을 어떻게 끌어들일 수 없나?"

"의선문주와 미령군주를 맺어주면 어떻습니까?"

"미령군주를?"

"예. 인척으로 만들면……."

"흠, 그거 괜찮을 듯한데, 미령군주는 흑점주이지 않은가? 그건 나도 껄끄러운데……."

"흑점주라고 해도 지금은 상황이 안 좋으니 가능합니다."

"흠, 그래? 그렇다면 한번 해봄세."

"예, 태감."

황궁의 한쪽에서 그렇게 은밀한 밀담이 이어졌다.

第九章

나무는 가만히 있으려 하나 바람이 멈추지 않는다

어떤 상황은 자신이 하고 싶지 않은 일이라고 할지라도 하게 만드는
힘이 있다.
그리고 그것은 몹시 싫은 경험이 된다.

누군가의 생각

북부의 겨울은 몹시 춥다.

겨울이 지나려면 적어도 사 개월은 걸리는 것이 보통이다.

그리고 그런 추운 날에도 훈련을 받은 이들은 제법 정예화된 군대가 되어 있었다.

오만의 군대와 일만의 정예 무인.

도합 육만 명이다.

하지만 그 전투력은 이십만 명의 군대에 필적하는 무시무시한 세력이었다.

물론 이 사실은 천하에 알려지지 않았다.

민란과 정사전쟁이 일어난 마당이니 천하에 제대로 알려지겠는가? 정보에 지극히 민감한 자들만이 이 사실을 어느 정도 전해 들었을 뿐이다.

그리고 웃기게도 황궁에는 이 사실이 알려지지 않았다.

마비가 된 탓이다.

그리고 동시에 황궁에서 하나의 첩지가 내려왔다.

황당한 내용이 담긴 첩지였다.

“이것 참, 뭐라고 해야 하나?”

첩지를 두고 장호는 난감한 표정을 지었다.

그건 임진연과 유병건도 마찬가지였다.

“문주님, 이건 황궁의 유화책일 거예요. 의선문의 세력을 끌어들여 민란을 어느 정도 막아보겠다는 술책이죠.”

“그거야 나도 알아. 그렇다고는 해도 부마로 결정했다니 원…….”

황궁의 권위는 높다.

황궁에서 장호를 가리켜 부마로 삼았다고 말한다면 성은이 망극하다고 해야 할 판이다.

물론 장호의 세력과 부패한 정부, 그리고 무능력한 황궁을 생각하면 거절해도 그렇게 크게 뒤탈은 없을 것이다.

장호가 돈을 뿌린 자들이 하도 많으니 그들을 움직이면

거절할 수도 있었다.

"왕진이겠지?"

"그렇겠지요."

"왕진이 급하긴 했나 보군."

제독태감 왕진, 환관의 우두머리며 이 대명제국의 제일 가는 권력자다.

"거절도 못 해."

"예. 이미 출발하였다고 하니까요."

"미령군주라……. 아는 바가 있나?"

장호의 질문에 임진연은 고개를 저었다.

대신 유병건이 입을 열었다.

"미령군주는 황제의 일곱 번째 딸입니다."

"그렇습니까? 그래서 별로 알려지지 않았군요."

"예. 황제의 자식은 남자가 넷, 여자가 셋이지요. 그중 막내가 미령군주입니다. 황궁에서 외부로 자주 나가지 않는 것으로 유명하지요."

"허참, 꼼짝 없이 부마가 되게 생겼군요. 나이는 어떻게 됩니까?"

"방주님보다 몇 살 아래일 겁니다."

"그렇다면 십 대 후반. 흠……."

장호는 곰곰이 생각에 잠겼다.

"그러면 왕부를 열 수 있겠군요."

"예, 방주님."

"그렇게 진행하죠. 해야 한다면 어쩔 수 없는 일이니."

"알겠습니다. 일단 환영을 위한 연회 준비를 하겠습니다. 일월경에 도착한다고 하니 일 개월 남은 셈이니까요. 그리고 이 사실을 산서성 전역에 알려두겠습니다. 본래도 관리들은 저희 손에 있었습니다만 이번 기회로 완전히 상하 관계를 각인시켜야겠지요."

"전화위복이라……. 그렇게 하십시오."

"예, 방주님."

"예, 문주님."

장호와 두 총관의 회의는 그렇게 끝이 났다.

* * *

일 개월.

추운 북부의 겨울 동안 장호의 의선문은 어마어마하게 세력을 불렸다.

그간 벌어들인 돈을 투자하여 오만의 나름 정예병을 구성한 것.

게다가 이들에게 모두 양질의 무구를 장비시키기도 했다.

즉 군대를 준비한 것이다.

그리고 이번에는 산서성의 군권을 모조리 손에 넣을 수 있는 계기가 마련되었다.

황녀와의 결혼!

물론 계승권은 없는 황녀이긴 하지만, 황족의 피는 그 무엇보다도 우선하게 되어 있다.

진짜 권력가들에게는 아무것도 아니겠지만, 권력에 속한 이들에게는 절대적인 것이 황족의 핏줄 아닌가.

장호가 미령군주의 부마로 내정되었다는 사실이 산서성에 퍼지는 데에는 오래 걸리지 않았다.

겨울이지만 전령은 움직이는 법이니까.

그 결과 산서성의 관리들과 관병 모두가 술렁이기 시작했다.

황족이 분가를 하게 되면 보통 그 가문은 왕부를 만들게 된다.

특히 이런 지방의 호족과의 혼약은 보통 그런 식이다.

의선문이 왕부화될 거라는 것은 거의 명확한 일이다.

때문에 겨울임에도 관리들 사이에서는 이합집산이 반복되고 있었다.

새롭게 산서성을 지배하게 될 의선문—이미 비공식적으로도 지배하고 있었지만—에게 줄을 서기 위해서다.

그리고 그렇게 움직일 수 있는 배경에는 산서성이 아직 민란과 관계하여 크게 피해를 입은 바가 없다는 사실이 존재했다.

산서, 섬서, 감숙의 북서부 지역은 민란이 일어나지도 않았거니와 주둔 중인 군대 일부가 이동했을 뿐 전과 그다지 달라진 것이 없는 상태였다.

사실 이 지역도 민란이 일어나자면 일어날 수 있긴 했다.

산서성의 경우에는 의선문이 잘 관리하여 그럴 소지가 없지만, 섬서와 감숙은 다른 지역과 같이 엉망이니까.

다만 이 두 지역의 경우 민란의 지도자가 될 만한 인물이 없어서 민란이 없는 것뿐이었다.

현재 광서, 광동을 이자성이 장악했고, 절강, 강서, 안휘, 호남, 강소 등 다섯 지역이 추가로 민란이 일어난 상태였다.

즉 중원의 동남부 지역은 전부 민란을 일으킨 셈이다.

현재 북서부, 북동부, 남서부 지역의 관군이 이 민란을 막기 위해서 추가로 움직이는 와중에 겨울이 오고 말았다.

겨울이 지나고 나면 다시금 대규모 충돌이 일어날 것은 당연한 일이다.

그러나 문제는 여진족이었다.

정보에 빠른 자들은 이미 여진족의 움직임을 알고 있었다.

물론 일반적으로는 아는 이가 없다.

다만 민란은 천하에 소식이 쫘악 퍼진 상태.

그런 상태이다 보니 실질적으로 산서성을 이렇게 안정화시키고 큰 세력을 가지게 된 의선문의 영향력은 더욱더 크게 올라 있었다.

* * *

해가 넘어갔다.

그리고 의선문에 황녀의 일행이라고 하기에는 몹시도 초라한 사람들이 도착했다.

총인원 사백여 명의 병사들과 마차 열두 대가 도착한 것이다.

이 정도면 제법 큰 규모인 것 같지만 실상은 그렇지 않았다.

황족은 힘이 있든 없든 대우를 받아야 했다.

황족 그 자체에 대한 존경심을 만들어야 하기 때문이다.

그게 바로 황제의 체면이었다.

보통 황족이 움직인다면 병력이 천여 명에 마차도 서른대는 움직여야 정상이다.

그런데 사백여 명에 마차 열두 대라니?

정계에 그나마 밝은 유병건은 미령군주가 황실에서도 그 입지가 그리 좋지 않거나 혹은 그만큼 황궁이 다급하다는 의미로 받아들였다.

"천세천세천세! 미령군주께서 납시오!"

환관의 가느다란 목소리가 크게 울린다.

소리가 멀리 가는 것을 보아하니 무공을 익힌 환관으로 보였다.

그렇다면 분명 동창 소속일 것이다.

촤악!

붉은 비단으로 길이 깔렸다.

화려한 용이 조각된 마차에서 한 명의 소녀로 보이는 여인이 내려섰다.

그 소녀를 본 장호의 표정이 기묘하게 변했다.

장호는 저 소녀를 일찍이 본 적이 있었다.

지금은 그래도 십칠 세에서 십팔 세로 보이지만, 그 당시는 열 살 어림의 어린아이였다.

설마 그 꼬맹이가 미령군주였나?

주화영!

흑점주의 직위를 가졌으며, 대영반인 공손무위의 호위를 받던 여아!

공손무위의 경우 지금은 대영반 직위에서 물러난 지 몇

년 되었다고 했다.

그래도 나름 황궁에서 영향력을 미치는 인물이다.

척.

주화영의 옆으로 한 명의 노인이 섰다.

근사한 학사모를 쓰고 관복을 입었지만 그가 누군지 장호는 알고 있다.

바로 방금 내심 떠올린 공손무위다.

전대 대영반과 황족의 한 명이며 흑점주인 주화영이 동시에 올 줄이야!

이게 대체 무슨 일인가? 장호는 속으로 여러 가지 경우의 수를 생각하느라 갑작스레 머리가 복잡해졌다.

"미령군주를 뵙습니다."

장호가 나서서 미령군주를 맞이하였다.

비록 미령군주와 혼례를 올려 부마도위가 된다고 할지라도 황족에 대한 예우는 반드시 해야 했다.

그게 이 중원의 예법이었고, 이를 어기면 다른 이들에게 공격할 빌미를 주게 된다.

"오랜만."

그런데 미령군주는 간단하고 짧게 대답했다.

장호를 알고 있다는 의사 표시다.

장호는 입맛이 썼다.

그래서 일부러 그때 모른 척했던 건데.

"알고 있었지?"

"예."

"왜 알은척 안 했어?"

"그거야 입장이 곤란해질 테니 당연한 일이죠."

장호의 말에 그녀는 고개를 끄덕였다.

"일단 들어가."

"예."

장호는 한숨을 내쉬고 말았다.

*　　*　　*

연회는 성대하게 치러졌다.

황족의 일원인 부마가 되는 일이니 당연한 일이다.

추운 겨울임에도 멀리서부터 온 권력자들을 맞이하여 이래저래 행사를 치러야 했다.

연회는 삼 일간 이루어졌고, 연회 동안에 결혼식도 같이 올렸다.

본래라면 황도에서 혼약을 올려야 했지만, 지금 제국의 상태가 말이 아니다 보니 여기서 올리게 된 것이다.

여하튼 여러모로 성대한 연회와 잔치, 그리고 결혼식이

끝이 났다.

장호로서는 어이없지만 정말 간단하게 결혼하게 된 셈이다.

그리고 하루가 지나서 장호는 드디어 차분하게 황녀 주화영과 이야기를 나눌 자리가 마련되었다.

그건 바로 첫날밤을 보내기 위한 신방에서였다.

"정신이 다 없네요."

"괜찮아?"

"예, 괜찮습니다. 그나저나 전하는 어째 변한 게 없습니다?"

"아니. 나 많이 변했어."

그러면서 주화영은 가슴을 모았다.

가슴이 확실히 엄청 커지긴 했다.

여이빙에 비견할 만큼 큰 가슴이다.

"아니, 그런 거 말고요. 성격 말입니다."

"그건 부군도 마찬가지."

"부군이라……. 사실 얼렁뚱땅 넘어간 것 같아서 아직 좀 느낌이 그러네요."

"편히 해. 남편이니까."

"아니, 아닙니다. 부마라고 해도 아내인 황녀에게는 존대하는 게 예법이라고 알고 있습니다."

"둘이 있을 때는 괜찮아. 말 놔."

그녀의 독특한 말투에 장호는 웃고 말았다.

어떻게 자랐기에 말투가 이렇단 말인가?

"그렇다면 말을 놓지."

"응."

"궁금한 게… 이건 네 의지였어?"

"아니. 왕 태감 생각."

"거부는?"

"할 수 있었지만 찬동."

"왜?"

"네가 마음에 드니까."

그녀의 말에 장호는 다시금 웃고 말았다.

장호의 입장에서 보면 이 어린 여아와는 사실 스무 살이나 차이가 난다.

물론 정신적인 연령이 그렇다는 거다.

"흑점주인 거 알지?"

그런 그녀가 자신이 흑점주인 걸 밝힌다.

그 말에 장호는 고개를 끄덕였다.

사실 그 당시에 그녀가 황족이며 흑점주인 것 정도는 알았다.

"그 당시 들었지?"

"그래."

"동창에도 배신자 있어. 황밀교의 첩자."

그녀의 말에 장호는 고개를 끄덕였다.

"흑점은?"

"있어. 약 일 할."

"꽤 되는데?"

"흑점, 애초에 점조직. 이런저런 조직의 연합체. 흑점주, 권한 크지 않아. 조율권을 가질 뿐."

그녀의 입에서 흑점에 대한 이야기가 흘러나왔다.

말투는 이상했지만, 장호는 모두 알아들었다.

흑점은 연합체다.

제법 굵직한 조직들이 모여서 만든 것이다.

흑점주는 그런 흑점을 관리하고 조율하는 존재이고 권한은 없다.

때문에 흑점에는 배신자가 없다.

각각의 지점은 이익을 위해서 설립된 것이고, 그 사이의 물건 유통 및 자금 융통은 흑점주가 책임진다.

물론 정보도 사고팔지만, 흑점은 주로 정보보다는 물건이나 인력을 팔았다.

"그래서 권한은 크지 않다는 거군."

"흑점은 싸움에 관여하지 않아. 다만 흑점을 습격한 자들에게는 똑같이 보복해."

때문에 흑점은 거의 사백여 년간 중원에서 살아남았다.

과거 원제국 시절부터 존재하던 흑점이 지금까지 유지된 이유이다.

또한 이렇게 점조직으로 이루어진 흑점에 굳이 대대로 황족을 흑점주로 앉힌 데는 이유가 있었다.

바로 황궁비고 때문이었다.

황궁비고를 통해서 비급을 복사해 팔았던 것이다.

"그 황궁비고 좀 들어가 봤으면 좋겠네."

"부군은 가능해."

"어째서?"

"부마."

"아, 아아……."

장호는 고개를 끄덕였다.

작당 모의한 것처럼 되어버리긴 했지만 결혼은 결혼이다.

때문에 장호는 황족으로서의 예우를 받는다.

황족들은 기본적으로 황궁비고를 사용할 수 있었다.

불출은 불가능하지만 사본 정도는 만들 수 있었다.

허술한 듯 보이지만 애초에 황족은 인의 장막에 둘러쳐져 있어서 이 비급들이 밖으로 무분별하게 돌아다니는 일은 없었다.

게다가 흑점이라고 해도 현재 세력을 유지하고 있는 문파들의 비급까지는 팔아먹지 않았다.

그랬으면 흑점은 유지가 안 되었을 것이다.

"그럼 시간 내서 황궁에 가야겠군."

"찬성."

둘은 그렇게 이런저런 이야기를 나누었다.

그러다가 문득 그녀가 장호를 물끄러미 보았다.

"왜?"

"안 벗겨?"

"풉."

장호는 자기도 모르게 뿜고 말았다.

"야."

"나 새색시. 남편, 벗겨줘."

"아니… 사실 좀……."

장호는 그리 내키지 않았다.

"나 소박맞아?"

"아니, 그건 아니다만. 에라, 모르겠다."

장호는 일단 등을 껐다.

그리고 그대로 그녀를 와락 끌어안았다.

*　　*　　*

“나쁜 놈. 나쁜 새끼.”

장호의 방을 멀리서 바라보는 한 여인이 있었다.

그녀는 화가 난 듯 씩씩거리다가 이내 그 자리에서 연기처럼 사라져 버렸다.

第十章

출군

기회는 준비하는 자의 것이다.

누군가의 조언

부마가 되었다.

그 사실은 금세 천하에 알려졌다.

비록 한겨울이지만 그럼에도 비선으로 가동되는 정보들이 있었으니까.

그리고 봄이 다가왔을 때, 천하의 중요한 직책에 있는 이들 중에서 이 사실을 모르는 이는 하나도 존재하지 않게 되었다.

그리고 봄이 왔을 때, 다시금 천하는 요동치기 시작했다.

북부보다 빠르게 날이 풀린 남부 지역의 반란군들은 서

로 합종연횡하며 뭉쳤다가 흩어지기를 반복하더니 결국 세 개의 무리로 나뉘었다.

이자성, 왕민성, 조윤경, 이 세 무리로 나뉜 것이다.

물론 이 중에 가장 탄탄하고 강한 무리는 바로 이자성의 반란군이다.

스스로를 틈왕이라 칭한 이자성은 광동성과 광서성에서 겨울 동안 꽤나 잘 조련한 군대를 가지고 움직였다.

그 수가 무려 이십만에 달하니 무시할 수 없는 대군이다.

그사이에 왕민성과 조윤경의 무리도 움직였다.

그들은 제대로 조련되지 않은 병력이었지만, 그 수가 각기 오만여 명에 달했다.

반란군의 무리가 도합 삼십만인 셈이다.

그들이 출진했다는 소식과 함께 장호에게 산서성 절도사로서의 직위를 주고 대장군의 반열과 같은 권한을 주며 출군하라는 황명이 떨어졌다.

미령군주를 아내로 맞이하여 미령왕부를 열 수 있는 자격을 갖춘 장호이니 이 정도 권한을 주지 않을 수 없었던 것이다.

장호는 그 명을 받고 나서야 출군 준비를 시작했다.

그러나 그 흉중에는 전혀 다른 생각을 하고 있었다.

"명제국, 가망 없어?"

"없다."

"부군이 나서도?"

"내가 나서도."

"그렇구나."

서류를 살피며 넘기는 장호의 옆에 절세미녀가 한 명 앉아 있다.

아직은 소녀티가 좀 남은 그녀는 바로 황도에서부터 찾아온 미령군주였다.

"그럼 황궁비고 어떻게 해?"

"포기해야지."

"아까워."

"사본은?"

"흑점의 여기저기에."

"흑점의 무력은 움직일 수 없어?"

"있지만 현재는 안 돼."

"아아, 황궁의 힘 중 하나인가?"

"응, 그들도 이번 전쟁에 나가."

하긴 흑점주인 미령군주를 호위하려고 몇 년 전 대영반인 공손무위가 움직였다.

그렇다는 것은 결국 흑점의 무력은 금의위 출신이라는 의미이다.

동창에게 흑점을 맡기지 않은 건 여러 가지 이유가 있겠지만, 어쨌든 지금 상황에서 흑점의 힘을 이용하는 것은 무리였다.

"그래도 도움이 많이 됐어."

전대 대영반 공손무위.

그는 많은 이를 알고 있었고, 능력은 좋으나 좌천된 장군들과 장수들을 끌어모았다.

그들을 통해서 제대로 된 지휘관을 얻게 된 장호의 세력은 그 전투 능력이 중원 최고라고 해도 과언이 아니게 되었다.

최정예 일만, 정예 오만, 그리고 산서성의 군사 이십오만을 완전히 다룰 수 있는 권리를 가졌다.

이미 하나의 거대한 군벌이 되어버린 셈.

"그래서 미적거릴 거야?"

"그래."

"그럼 이후에는?"

"고민이야."

이자성의 손을 들어주느냐, 아니면 아예 여진족과 협상하느냐?

유병건은 차라리 이자성과 손을 잡으라고 조언했다.

타 민족의 지배를 받는 것보다 새로운 왕조가 들어서는

것이 낫다는 이유였다.

그 점에서는 장호도 동의했다.

하지만 어느 쪽이 더 나은 선택인가? 게다가 황밀교는 어떤 생각을 가지고 있는가?

그게 문제였다.

황밀교는 분명 선의를 위해서 움직인다고 했다.

그렇다면 어느 쪽이 선의지? 그리고 그들이 생각하는 선의의 기준은 어떤 거지?

장호는 그걸 모르기에 고민했다.

그러다가 문득 장호는 생각했다.

차라리 내가 나라를 운영한다면? 장호는 그 생각을 해보다가 고개를 내저었다.

황제가 된다.

누군가에게는 어마어마하게 매력적인 목표겠지만 그에게는 아니었다.

"무슨 생각 해?"

"앞으로의 일."

"황제, 되고 싶어?"

장호는 쓰게 웃었다.

확실히 미령군주는 보통 여아가 아니었다.

"아니. 되고 싶은 게 아니야. 되어야 하지 않을까 하고 생각하는 거지."

"이상해."

"그럴지도. 하지만 황제는 가급적 하고 싶지 않아."

"부군은 왜 이 모든 일을 하는 거야?"

"스승님의 유지 때문이야."

"스승?"

"스승."

그러자 옆에 서 있던 공손무위가 미령군주에게 전음을 보내었다.

장호의 스승에 대해서 가르쳐 주나 보다.

"스승님께 받은 은혜는 문파의 의지를 실현하는 것뿐이니까."

"그거 외의 꿈은 없어?"

"꿈?"

장호는 서류에서 눈을 떼고 주화영을 보았다.

그녀의 눈동자가 장호를 또렷하게 바라보고 있다.

"무슨 꿈?"

"부군의 꿈."

"글쎄… 나는 어릴 적 꽤나 힘겹게 살았거든. 그래서 사실 적당히 잘 먹고 잘사는 게 꿈이었어."

그러다가 강호의 일에 휘말려 들고, 사마밀환에 의해서

과거로 역행했다.

그리고 지금에 와서는 과거와는 전혀 다른 존재가 되고 말았다.

꿈이라…….

생각해 보면 지금 하는 일은 스승의 꿈일지도 모른다.

그렇다면 내 꿈은 무엇일까?

그러다가 피식 웃었다.

내 꿈이 아니면 어떠랴.

스승의 꿈을 이루는 것을 내 꿈으로 삼으면 되는 것을.

"내 꿈은 그저 사람을 돕는 것뿐이야."

"어려운 꿈. 이상."

"그렇겠지."

"황제가 될 거야?"

"아니."

"그렇지 않으면 불가능해."

"그럴까?"

과연 황제가 되는 것 외에는 방법이 없는가? 사실상 미령 군주와 결혼함으로써 자격을 얻었다.

다른 황족들을 죽이고 장호 스스로가 황제가 되는 것은 문제가 없다.

명분, 재력, 무력 모두가 갖추어졌다.

"우선은 황도로 갈 거야. 그 이후 결정하겠어."

"따라갈래."

"좋아."

장호는 고개를 끄덕였다.

그녀가 간다면 그녀의 전속 호위로 나서고 있는 공손무위도 가게 된다.

그렇다면 좋은 일이다.

*　　　*　　　*

장호는 자신의 모든 전력을 끌고 갈 생각이 없었다.

때문에 일만여 명으로 늘어난 선외단원 중 삼천여 명을 추렸다.

이들은 몇 년간 수련과 훈련을 반복하여 대부분이 일류의 수준에 이르렀고, 내공도 현재로서는 이십 년의 공력을 가진 자들이다.

게다가 이들 모두 군의 훈련을 받아 창, 방패, 검, 활 등 네 가지 병기를 자유자재로 다루었으며, 말을 타고 활을 쏠 정도의 능력을 갖추었다.

이른바 기사(騎射)라고 하는 능력으로, 이를 갖추려면 적어도 일 년 이상은 말을 타면서 훈련을 받아야 한다.

이들 모두가 무공을 익히고 있어 그 감각은 일반인에 비할 바가 아니어서 어마어마하게 빠른 속도로 기사병(騎射兵)의 능력을 습득한 것이다.

즉 이들은 의선문의 최정예인 셈.

물론 이들보다 더 강한 이들도 존재했다.

내공이 거의 일 갑자에 달하고 그 무위는 절정에 오른 이들이 있다.

바로 보의단이다.

보의단원은 현재 그 수가 일천여 명을 넘는데, 이들의 구할이 전원 절정고수이다.

강호에 그 누가 있어 일천여 명의 절정고수를 보유했겠는가?

게다가 보의단주인 사마충은 장호가 외유를 나간 사이 벽을 넘는 데 성공하여 화경의 초입에 이르러 있었다.

보의단원 중에서는 약 삼백여 명을 차출하였고, 선외단원은 삼천여 명, 그리고 새롭게 훈련시킨 오만여 명에게는 호생단이라는 이름을 붙여 일만 오천여 명을 차출했다.

의선문의 삼 할의 전력을 동원한 것이다.

수를 다 합하면 약 일만 팔천여 명의 군세다.

이 정도면 대군이라고 할 수는 없지만 무시할 수 없는 군세이다.

과거 한나라를 세운 유방은 애초에 백여 명도 안 되는 무리로 황제가 되었지 않은가?

그 일만 팔천의 군세에 산서성의 관군 십만이 모여들어 출발했다.

나머지 십만은 북부를 경계해야 하니 뺄 수가 없었다.

결과적으로 십일만 팔천의 군세다.

물론 이들 중에서 전투 병력은 칠 할 정도이다.

십만 명 중에서 삼만여 명은 보급과 여러 가지 잡무를 해결하기 위한 병력이다.

여하튼 이들은 봄이 되어 한 달 만에 준비를 완료하고 출발했다.

하지만 사태는 장호가 생각하는 것 이상으로 나빠지고 있었다.

이자성이 전광석화처럼 빠르게 올라왔기 때문이다.

호남성은 이자성을 막아내지 못했던 것.

호남, 호북이 불과 두 달도 안 되어서 돌파당했다.

게다가 추가로 불어난 민란의 병력은 그 수가 무려 사십만 가까이 늘어났다.

장호가 산서성에서 군세를 모아 하북에 도착했을 때 이미 이자성의 군대는 하북성까지 도달해 북경을 향해 진군 중이었다.

*　　*　　*

"호남, 호북, 하남, 하북의 군사들은 다 머저리뿐인 거냐?"

어이없다는 표정을 하고 있는 장호이다.

북부보다 남부가 더 빠르게 따뜻해져서 이자성은 이미 삼 개월 전부터 움직였다고 한다.

그렇다고는 하지만 불과 삼 개월 만에 네 개 지역이 모조리 깨져 나가고 도리어 상대에게 병력을 붙여주다니…….

이는 상상 이상으로 명제국의 군사력이 엉망진창이라는 의미였다.

상상 이하의 무능력이니 어찌 할 말이 있을까?

산서와 하북은 바로 옆 동네이다.

물론 도보로 걸어서 약 한 달 정도는 이동해야 하는 거리지만, 네 개의 지역을 건너와야 하는 광동과 광서성과는 비교도 안 될 정도로 거리 차이가 있었다.

그런데 지금 장호는 하북성의 서쪽 방면에, 이자성의 군세는 하북성의 남쪽 방면에 자리 잡고 있다.

장호의 군대가 아직 경계선에 있다면 이자성은 하북성의 남쪽을 통해 어느 정도 들어온 상태이기도 했다.

"앞으로 어떻게 하면 좋겠습니까?"

장호가 서신을 구겨 버리고 주변에 자리한 이들에게 말했다.

천막을 펼쳐 만든 임시 회의실이고, 여기에는 장호 외에 다섯 명의 무장이 앉아 있었다.

장군의 반열에 든 인물들로서 각기 만인장의 위치에 있는 이들이다.

만인장이라고 하면 보통 만 명의 병사를 지휘할 권한을 가지는 것을 말한다.

만호장이라고도 부르는데, 이들 다섯 장군은 대부분 나이가 쉰이 넘은 이들이었다.

노장이라고도 할 수 있지만 그만큼 나름 군부에서 능력이 있는 자들이기도 했다.

"적의 군세가 사십만이라는 것이 사실이라면 저희가 아무리 정병이라고 해도 그대로 충돌해서는 능사가 아닙니다."

"하지만 황도까지 이제 지척입니다. 저희가 나서지 않는다면……."

"그렇다고 해서 저희가 가서 막는다고 결과가 달라지는 게 아니올시다."

장군들은 갑론을박하기 시작했다.

하지만 모두 맞는 의견이기도 했다.

이자성의 위명은 이미 귀가 따갑게 들었다.

전략과 전술의 귀재라고 했다.

제갈공명과도 같다는 소문이 돌 정도니 그 군재가 비상하다고 봐야 했다.

실제로 민병이란 훈련도 안 되어 있고 장비도 부족하다.

그럼에도 일어나서 큰 군세를 이루었으니 그 능력은 어마어마한 것이다.

산서성의 군대는 그나마 몽골과의 국경에 있어 나름 다른 지역의 병사들에 비해 정병이라고 할 수 있지만, 그렇다고 해도 엉망인 것은 비슷했다.

그러니 십이만의 군세를 가졌다 해서 쉽사리 달려들 수는 없었다.

그랬다가 깨지면 그야말로 낭패였다.

"황도는 어떻다는 정보가 있습니까?"

장군 중 하나인 위광철이라는 자가 물어왔다.

"황도는 결사항전한다고 합니다. 물론 알려오기로 그렇다는 거고 비선으로는 제독태감이 이미 빠질 준비를 하고 있다는군요."

"으으음, 그자가 기어코……."

왕진이 어떤 자인지 모르는 이가 없었다.

"일단 그렇다고 해도 이대로 둘 수는 없습니다. 공격하도록 하죠."

"진정이십니까?"

"예. 다만 완전한 전면전은 아닙니다. 저희는 방진을 단단히 하고 살살 건드리면서 견제만 합시다. 황도에 적의 군세가 당도했으니 우리가 시간만 끌어도 어찌어찌 다른 병력이 도착할 거 아닙니까?"

장호의 말에 모두가 고개를 끄덕였다.

옳은 의견이었다.

"상세한 병력 운영은 그대들에게 맡기겠소. 본인은 강호의 무부로 살아온지라 병략은 잘 모르기 때문이외다. 다만 내 직속군은 내가 알아서 하리다."

"명을 받드옵니다."

그렇게 군막에서의 회의는 짧게 끝이 났다.

* * *

장호의 군대와 이자성의 군대는 빠르게 움직였다.

이자성은 북경의 인근에 도착했고, 장호는 그런 이자성의 군세 바로 서쪽에 위치해 있었다.

거리는 약 오 리 정도 떨어져 있으니 사실 얼마든지 충돌

할 수 있는 상황이었다.

하지만 장호는 단단히 진영을 굳히고 선부르게 움직이지 않았다.

그것은 장호가 생각한 견제하여 시간을 끈다는 작전에 입각한 움직임이었다.

그러다 보니 결국 참지 못한 것인지 이자성 측의 군대에서 약 이십만 명 정도가 사방에서 몰아쳐 왔다.

장호의 군대는 몇 개의 산을 끼고서 진형을 굳히고 있었고, 이 상태에서 나무를 잘라 목책까지 만들어둔 상태였다.

그러다 보니 상대가 이십만의 군세로 공격해 온다고 해도 크게 문제가 없었다.

약간의 접전 끝에 상대는 약 일만여 명의 사상자를 내고서 물러섰다.

그에 반해서 장호의 군세가 입은 피해는 사상자 일천여 명에 불과했다.

피해의 격차가 열 배나 난 것이다.

보의단이나 선외단, 호생단은 나서지도 않았다.

그 때문에 장호의 군세는 크게 사기가 올랐으나 그럼에도 나서지는 않았다.

"의선문주가 왔군그래."

이자성은 자신의 군막에서 지도를 내려다보고 있었다.

"그렇습니다, 폐하. 그를 그때 처리해야 했습니다만……."

"그건 그러하네. 하지만 그자도 필사적이진 않은 모양이야."

"그렇습니까?"

"확실히."

이자성은 왼팔이라고 할 수 있는 조민규를 바라보았다.

그 역시 그와 같이 은룡문 출신의 고수이다.

이자성은 본래 그럭저럭 잘살던 중농가의 자식으로 태어났다.

그러나 흉사를 당하여 가세가 몰락하자 목동 일을 하면서 말을 타는 법을 익혔다.

그러다가 군부에 투신하여 공적을 쌓았는데, 그가 은룡문의 일원이 된 것이 바로 목동이던 시절이다.

그가 배운 것은 목공, 수공, 화공 세 가지 공력으로 이 무공을 현재는 전부 대성하여 현경에 이른 상태이기도 했다.

조민규는 본래 대장장이로서 금공과 화공을 익힌 자였다.

그는 본래 대장간 인근에서 태어났는데 그 힘이 장사여서 이른 나이에 대장간에서 일을 시작했다.

대장간의 장인이 그의 스승이 되었고, 그를 통해 은룡문의 일원이 된 것이다.

"그렇다면 저자에게 시간을 주지 않으면 일은 끝나는 거나 다름없지."

"어떻게 하시겠습니까?"

"속전속결. 내가 직접 나서도록 하지."

이자성은 황도를 손가락으로 가리켰다.

*　　*　　*

"이자성의 군대가 움직인다고?"

"예, 전하."

장호는 보고를 받고는 눈살을 찌푸렸다.

대체 무슨 생각인가? 상대는 약 삼십만 명으로 방어 진형을 구축하고 남은 군세 중 십만이 북경을 향해 이동을 시작했다고 한다.

"황도에 병력은?"

"현재 알려진 바로는 이십만 정도가 집결했습니다."

"십만으로 이십만을 상대할 자신이 있다는 건가. 아니라면……."

이자성이 직접 무위를 뽐낼 생각인가?

현경에 이른 자는 같은 현경이 아니면 막을 수 없다.

그가 전면에 선다면 두 배의 병력 차이는 큰 문제가 안 될 것이다.

그렇다면 거사가 확실히 성공할 수도 있다.

장호는 그 가능성에 눈살을 찌푸린 것이다.

문제는 그걸 알고도 현재 막을 수가 없다는 것.

십만의 병력으로 삼십만의 병력을 돌파한다? 물론 가능은 하다.

저쪽보다 이쪽이 더 정예병이고 장비가 우수하니까.

그러나 그건 보통의 때이다.

지금은 상대가 목책이라든가 하는 방진용 도구를 잔뜩 사용해서 단단한 방어진을 만들었다.

그걸 돌파한다는 것은 불가능했다.

게다가 저쪽 장수 중에는 은룡문에 소속되어 있던 이가 많이 있다.

그들은 대부분이 고수이므로 고수의 수 면에서도 이쪽보다 우위에 있다.

수적인 우위.

장호가 전면에 선다면야 이기지 못할 것도 없지만 그렇다고 해도 어마어마한 피해가 발생할 터이다.

그리고 장호는 그런 피해를 감수할 생각이 없었다.

황제가 그에게 그렇게 중요한 인물은 아니므로.

그렇다면 역시 이자성과 손을 잡아야 하는가? 장호는 고민하다가 우선은 소극적으로 병력을 운용하기로 내심 작정했다.

나중을 위해서라도 하는 시늉은 해야 하니까.

그러나 그런 장호의 고민은 정말 무색했다.

장호가 그렇게 생각하며 움직이는 그 순간 이미 이자성은 황궁에 침입해 있었다.

* * *

황제 주유검.

의종, 혹은 숭정제라고 불리는 인물이다.

명제국의 십칠 대 황제인 그는 부패한 환관들에 의해 황제가 되었다.

당연한 일이지만 무능력하고 정사를 돌보는 것에 그다지 관심이 없었다.

그렇다고는 해도 황제는 가장 중요한 인물이다.

왜냐하면 권력은 황제라고 하는 상징에서 나오기 때문이다.

제독태감 왕진은 그걸 잘 알았다.

때문에 그의 수족이 되어버린 금의위와 동창의 정예로 하여금 황제를 둘러싸고 있었다.

하지만 그게 무슨 의미이랴.

그들 중에는 화경에 이른 이도 두 명이 있었지만 모두 싸늘한 시신이 되어 차가운 바닥에 몸을 눕히고 말았다.

"자, 황제 주유검, 심판의 시간이외다."

"무, 무엄하다! 네, 네놈이 감히 짐을 능멸하고도… 컥!"

"능멸은 무슨 놈의 능멸. 그대가 천자로서 일을 하지 않으니 이렇게 된 것 아니오. 더 이상 말을 들어줄 여유가 없소. 빨리 끝냅시다."

주유검의 살찐 몸이 허공에 둥둥 떠올랐다.

목을 부여잡고 있는 것이 어떤 힘에 의해서 목이 졸리는 듯했다.

잠시 몸을 부르르 떨던 그는 축 늘어지고 말았다.

질식사한 것이다.

시체가 된 황제의 몸뚱이를 그대로 땅으로 팽개친 이자성이 뒤를 돌아보았다.

"자, 이제 그대가 믿던 것도 끝이 났네."

"큭……."

그곳에는 왕진이 포박당한 채 무릎을 꿇고 있었다.

본래 도주를 결심하고 준비하고 있던 왕진이지만, 너무

나도 빠르게 움직인 이자성의 군대에 붙잡혀 버린 것이다.

왕진 역시 허술한 사람은 아니었다.

그의 무위도 화경의 끝자락에 올라 있었고, 그가 익힌 무공이 전설의 규화보전인 까닭이다.

그러나 이미 벽을 돌파하여 초월적 경지에 접어든 이자성에게 비할 바는 아니었다.

"네놈도 오래가지 못할 것이다."

"누르하치? 그쪽을 막을 방도는 세워두었다."

"방도가 있다고?"

"곧 의선문주와 이야기를 나눌 거야. 그리하면 누르하치 정도는 막을 수 있겠지."

"산해관의 오삼계는 어찌하려는 게냐?"

"그자는 이 나라를 배신할 것이 아닌가? 그러하니 처리해야겠지. 그에게 맡긴 오십만의 병력 중 절반을 이미 빼두었으니 누르하치의 군대와 합해진다 해도 대략 팔십만 정도일 터이다. 그 정도는 막아낼 여력이 있으니 걱정 말게."

이자성의 말은 놀라운 것이었다.

여진 방면에 위치한 요새 산해관.

그곳에 주둔한 병력이 오십만이다.

그리고 그 최고 통수권자는 오삼계라는 대장군인데, 그가 배신할 것이라고 말하고 있다.

왕진도 그것에는 이견이 없는 듯했다.

즉 오삼계가 배신할 거라는 것을 이 두 사람은 다 알고 있다는 것.

"산서의 병력과 네놈의 민병, 그리고 다른 병력을 합한다는 게냐?"

"물론 그렇다네. 그리고 적절하게 움직이면 막을 수 있지. 문제는 황밀교 놈들이야."

이자성의 눈은 왕진을 바라보고 있었다.

"내가 이런 설명을 하는 이유는 다른 게 아닐세. 왕 태감 자네가 황밀교에 대한 자료를 준다면 그 목숨만은 살려주지."

거래.

그것을 위해서 이자성은 왕진을 아직 죽이지 않은 것이다.

황제 정도야 언제 죽여도 상관없으나 왕진은 아니었다.

"하하하, 이미 패했으니 살아도 산목숨이 아니다. 죽여라."

"쯧, 결국 도울 생각은 없나 보군."

"내가 그대를 도운다고 무엇을 하겠는가?"

"알았네. 그럼 잘 가시게."

서걱!

왕진의 목이 잘려 그대로 땅을 굴렀다.

"모든 잔당을 토벌하고 이들을 정리해라. 새로운 제국을 시작할 때가 되었다."

"충!"

"황밀교 네놈들이 생각하는 선의라는 게 뭔지 아직 모르니 네놈들도 처리해야겠지."

이자성의 두 눈이 흉흉한 살기로 번들거렸다.

第十一章

역사가 바뀔 때

무엇이 선이고 무엇이 악인가?
무엇이 더 나은 선이고,
무엇이 더 못한 선인가?
그 기준을 알지 못하기에 인간은 언제나 방황하고 만다.

조언

의원귀환

"예상 못 했어."

"나도야."

최고 지휘관의 군막.

그 안에는 현재 두 사람이 앉아 있었다.

장호와 주화영이다.

주화영은 주유검의 막내딸로서 황족의 가장 막내다.

"다 죽었어?"

"그렇다고 하더군."

"그렇구나."

그녀는 조금 침울해 보였다.

그리고 그녀는 현재 살아남은 마지막 황족이 되었다.

방계 쪽에는 그래도 꽤 살아남아 있겠지만 주화영은 직계 황족이다.

사실 장호가 이대로 이자성을 밀어낼 수만 있다면 대명제국의 황제가 되는 것도 가능했다.

물론 그럴 생각은 조금도 없지만.

"어떻게 할 거야?"

"고민 중이지. 하지만 아무래도 유 총관의 말이 맞아."

명제국의 사람은 그 수가 많다.

적어도 인구가 일억을 헤아린다는 게 중론이다.

그런 제국 전체를 도탄에 빠뜨릴 수는 없었다.

적어도 지금보다는 더 낫게 바꾸어야 하지 않겠는가? 그러기 위한 해답은 이자성이 황제가 되는 것이다.

"이자성과 손을 잡을 수밖에."

"그래."

"마음에 들지 않겠지만 어쩔 수 없어."

"그냥 네가 황제가 되면 어때?"

"글쎄……."

의선문주로서 황제가 된다?

황제라…….

"아직은 아니야. 대안이 없다면 모르겠지만."

대안이 있다면 장호가 직접 나설 필요는 없다.

장호의 그런 대답에 주화영은 고개를 끄덕였다.

"알았어."

장호는 조용히 그녀를 안아주었다.

* * *

이자성에게서 사신이 왔다.

항복한다면 제국의 일원으로서 산서성 절도사의 직위에 올려준다는 이야기였다.

즉 지금과 다를 바 없는 지위와 권한을 준다는 것.

장호는 그 말에 동의하고 이자성이 황제가 되는 것에 찬동하기로 결정했다.

몇 번 언급되었듯이 장호가 이자성을 몰아내고 황제가 될 수도 있겠지만 그건 무리한 일이었다.

일단 이자성을 장호가 아직 감당할 수 있을지 장호 스스로 알 수 없었다.

게다가 황밀교는 어떤가?

그들의 꿍꿍이는 아직도 미궁 속에 있는 상태이다.

본래의 역사대로라면 그들이 슬슬 본격적으로 모습을 드

러내야 한다.

그런데 황밀교는 아직도 숨은 채로 이자성을 방패로 정파무림에 지대한 타격을 입힌 상태였다.

무림맹의 전력은 반 토막이 났고, 정파의 세력도 사 할 가까이 사라진 상태이다.

사파들도 그만한 피해를 입은 상태이니 사실상 현재 남은 것은 황밀교의 세력이라고 할 만했다.

어쨌든 장호는 이자성이 보낸 사신에게 결정 사실을 통보하고 며칠 후 북경으로 향할 수 있었다.

북경의 황궁.

장호가 그곳에 도착하자 상당한 정예들이 경계를 서고 있는 것을 볼 수 있었다.

명군보다도 더한 강군이다.

이자성이 심혈을 기울여 길러낸 인물들임이 확실했다.

장호는 그들에게서 강렬한 금(金)의 기운을 느꼈다.

단단한 그 기운에 장호는 고개를 끄덕였다.

은룡문은 오행의 속성을 따르는 무공을 익힌다고 들었는데 이들이 그런 듯했다.

금기는 확실히 좋다.

집단전에서는 내공보다도 육체의 능력이 더 우선시될 수밖에 없다.

그런데 금기는 근력이나 반사 신경을 상승시킬 뿐만 아니라 몸을 단단하게 해주고 외공을 익히는 데도 도움을 준다.

그러니 금상첨화가 아닐 수 없다.

장호도 문도들에게 외공을 가르치고 영약을 보급하지 않았던가?

그 결과 그들은 내공도 내공이지만 다들 칼붙이가 제대로 가르지 못하는 질긴 가죽과 칼이 들어가지 않는 근육을 가지고 있다.

장호는 그들을 지나쳐 안내인의 안내에 따라 황궁 안으로 들어섰다.

황궁의 대소사를 관장하는 거대한 대전에 들어서자 황제가 앉는 용좌 앞에 한 명의 사내가 서 있다.

이자성이다.

일전에는 장호를 죽이려고 들던 그가 용좌 앞에 서서 장호를 기다리고 있었다.

"모두 물러가라."

"존명."

황궁 안의 인물들이 빠르게 물러났다.

장호는 여러 기척이 사라지는 것을 느끼며 앞을 보았다.

"생각보다 일찍 만나게 되는군요."

"그렇군."

이자성은 그리 말하고는 용좌에 털썩 앉았다.

그는 아직 갑주를 입고 있었다.

그 이유를 알 것도 같았다.

북쪽에서 누르하치가 움직이고 있었으니까.

"자네를 죽여야 한다고 생각했는데 일이 참 재미있게 되었군."

"그러게 말입니다."

"자네가 미적거리는 걸 보고 알았지. 명제국에 아무런 관심이 없다는 것을."

"제국 자체의 흥망에는 관심이 없습니다. 충성을 바칠 대상도 아니니까요."

장호의 담담한 말에 그는 피식 웃었다.

"자네 역시 대의를 따르나?"

"대의라고 할 정도로 거창한 것은 아닙니다."

"그렇군. 이제 한배를 탔으니 잘해보자고 불렀네. 자네가 지원을 좀 해줄 것도 있고."

이자성의 말에 장호가 고개를 갸웃했다.

지원할 것?

"현재 부패한 관리들을 숙청하고 그들의 재산을 몰수 중이네. 부정하게 재산을 모은 부호들의 재산도 마찬가지고. 덕분에 현재 재정은 꽤 풍족하지."

그만큼 일반 백성들의 고혈이 쥐어짜이고 있었다는 이야기이다.

"우선 그대가 많은 양의 곡식을 풀었으면 하네. 밑지고 달라고는 안 할 터이니 원가에 좀 넘겨주시게."

"그거야 어렵지 않은 일입니다."

"그리고 자네 의방을 하북, 하남, 호남, 호북까지 넓혀주게나."

"의원이 많이 필요하겠군요. 마침 인력이 있으니 다행입니다."

"그런가? 그렇다면 다행이로군. 어쩌면 이것도 천리일 수 있겠어."

이자성은 그리 말하고선 생각에 잠긴 듯했다.

"나는 사람들이 더 행복해지기를 원하네. 명제국은 그리 할 수 없었지."

"폐하의 제국은 그리되겠습니까?"

"그리되게 만들 것이다. 그리고 그대의 도움이 있다면 더 나아지겠지. 또한 은룡문도 이제부터는 나를 도와주기로 했다."

"은룡문이……."

"황밀교가 움직이고 있으나 본 문이 움직인 이상 그들은 상대가 되지 않아."

은룡문의 세력이 그만큼 강하단 말인가? 그런 자들이 왜 은인자중하며 살아간단 말인가? 여전히 은룡문의 방식은 이해할 수가 없었다.

하기야 황밀교도 이해가 안 가기는 매한가지 아닌가!

"폐하의 뜻이 이루어지기를 저 역시 바랍니다."

"같이 힘을 써보세나. 우선 그전에 황밀교에서 지원하는 누르하치를 제거해야 옳겠지."

"그 전쟁도 도와드려야 합니까?"

"아니. 그 정도는 내가 감당하겠다. 그대는 산서성에서 끌고 온 명의 군대나 내놓으면 될 것이야."

"그리하겠습니다."

장호는 순순히 동의했다.

군권을 내놓는다는 것은 위험천만한 일이지만 장호에게는 망설임이 없었다.

"자네는 나를 믿나?"

"글쎄요. 어차피 의미가 없지 않습니까?"

"무엇이 의미가 없나?"

"명의 군대는 어차피 제 소관이 아니었습니다. 지금부터는 정치적인 해결이 필요하겠지요. 제 도움을 원하신다니 이로써 저희는 정치적인 대화를 하게 된 것이 아닙니까?"

정치란 관계이다.

서로가 서로의 필요성을 인정하고 마주 봄으로써 생겨난다.

즉 역할의 문제라는 점이다.

그것은 늘 바뀌기도 한다.

게다가 막대한 재력과 토지를 가진 장호는 그런 정치력을 크게 발휘할 수 있었다.

"그 말도 맞는 말이로군."

"자, 그러면 다시 뵙겠습니다, 폐하. 부디 전쟁에서 지지 않으시기를."

"자네는 빠지려는가?"

"저 혼자라면 모르겠으나 본 문은 이번 전쟁에서 빠지겠습니다."

"그렇군. 그럼 물러가게."

"옥체 보중하소서."

장호는 포권을 하고 그대로 돌아 나왔다.

뼈가 있는 대화였다.

* * *

이자성은 다시 출군했다.

황제가 되었기에 그의 휘하에는 병력이 칠십만까지 늘어

나 있는 상태이다.

사십만은 민란 때부터 이끌어온 군대이고 삼십만은 명제국의 군대를 흡수한 결과이다.

부패한 명제국에 염증을 느낀 군의 몇몇 장수를 끌어들여 명제국군을 다시 흡수한 것이다.

대순제국이라고 칭해진 제국의 주인이 된 그는 대군을 이끌고 오삼계가 지키고 있는 산해관으로 향했다.

이미 오삼계가 누르하치에게 투항했다는 사실을 알기 때문이다.

그곳에는 오십만에 달하는 병력이 있었으나 그들 중 절반은 누르하치의 여진족 군대에 흡수되었다.

물론 흡수되었다고 해서 손발이 맞는 것은 아니었다.

엄연히 서로의 문화가 달랐기 때문이다.

때문에 그들은 그대로 산해관에 눌러앉았고, 대신 여진족의 군대가 중원으로 쏟아져 들어오게 되었다.

그 수가 무려 팔십만에 달하는 대군으로 여진족의 모든 군사가 여기 모였다고 해도 과언이 아니었고, 이들은 오랜 시간 서로 내전을 벌여 강군이며 정병으로 거듭난 자들이었다.

이자성의 군대 내에서도 약 이십만여 명만이 이들과 비등하고 그 외에는 이들과 비교하면 두 수나 처지는 군대였다.

그러나 이자성은 이 전쟁에서 이길 자신이 있었다.

전력과 병력의 열세에서도 그는 여러 가지 계책과 전략 전술로 이겨왔으니까.

그리고 그 전쟁에 장호도 동행하고 있었다.

장호는 싸우지는 않는다.

방관자적 입장이니까.

장호의 위치는 군의로서 전투에서 다친 이들을 총괄하여 치료하는 직위였다.

사실 이 강호에서, 아니, 중원에서 장호보다 뛰어난 의원은 이제 존재하지 않으니 당연한 일이다.

그런데 사태가 조금 이상하게 돌아가기 시작했다.

여진족은 산해관을 통과한 다음 흑룡강성, 길림성, 요녕성을 차지하더니 그대로 진지 공사를 시작하고 북경이 자리한 하북성의 경계 요소요소에 요새를 만들기 시작했다.

기마민족이 요새를 만든다고?

이자성은 출군한 이후 상당히 당황할 수밖에 없었다.

그리고 전투는 여기저기에서 산발적으로 이루어지게 되었다.

여진의 군대는 그들 스스로의 국가 이름을 후금이라고 칭했으니 후금과 대순의 싸움이라고 할 수 있었다.

문제는 적들의 행동이었다.

넓게 퍼지고 요소요소에 요새를 만들어 방어에 들어간 것이다.

때문에 이자성은 고민해야 했다.

적들은 자신들의 군대를 사 등분하여 배치하고 요소를 지키고 있었다.

비록 오십만에 달하는 병력을 가졌지만, 방어하고 있는 이들을 공격한다는 게 얼마나 쉽지 않은 일인지는 이자성도 잘 알고 있었다.

그것도 그냥 방어가 아니었다.

그리 크지는 않지만 요새를 짓고 있다고 한다.

공성전에는 왕도가 없다는 이야기가 있듯이 석벽 하나만으로도 많은 희생이 따를 수밖에 없다.

즉 이십만의 병력이 요새를 끼고 방어한다면 오십만의 병력을 막아낼 수 있다.

그렇다고 해서 섣부르게 안쪽으로 파고드는 것도 무리.

이유는 별게 아니다.

요새에 주둔 중인 적군이 움직여서 포위 공격을 해올 수도 있기 때문이다.

거리가 멀긴 하지만 정찰병을 다수 운용하고 기마병의 일부를 전령으로 사용하거나 봉화를 사용하면 어떻게든 시간을 맞출 수 있다.

즉 장기와 같다.

저쪽은 이미 포진했다.

이쪽이 수를 둘 차례이다.

이미 세 개의 성이 저쪽으로 넘어갔다.

비록 중원의 다른 지역에 비해 풍요로운 지방은 아니라고 할지라도 영토 일부가 넘어간 것이다.

중원 전체의 크기로 보면 약 일 할 오 푼 정도가 넘어간 셈이다.

물론 포기하자면 할 수도 있으나, 세 개의 성에서 살고 있는 중원인의 수가 거의 수백만 명은 될 것이다.

여진의 인구는 과거의 기록에 따르면 천만이 안 되니 사실 그들의 인구가 거의 오 할 이상 증가하는 효과라고 보면 되었다.

애초에 기마민족이고 인원의 대다수가 전투 인력인 여진이다.

저렇게 굳히기로 들어가게 되면 문제가 많다고도 할 수 있었다.

물론 아닐 수도 있다.

대순국은 명제국의 후신이 아닌가? 부정부패를 일소하고 제대로 국가를 운영하기 시작하면 그 힘은 후금이 어찌할 수 있는 정도가 아니다.

여기서 이자성은 고민하게 된다.

그리고 결국 이자성은 후일을 도모하기 위하여 무리하게 진군하지 않고 대치 상태에 들어가는 선택을 했다.

* * *

"황밀교가 아주 더러운 수법을 쓰고 있네."

"저쪽에 조언을 해준다 그겁니까?"

"그렇지."

장호, 그리고 이자성.

두 사람은 지금 군막 안에서 이야기를 나누고 있었다.

그 누구도 없이 단둘이서 독대하고 있는 것이다.

이것은 그만큼 이자성이 장호를 믿는다는 것을 대외적으로 보여주는 행동이었다.

실제로 이자성은 현경에 이른 절대고수.

그런 그가 장호와 독대한다고 생명의 위협을 느낄 리가 없다.

그러나 외인들은 다르게 본다.

황제가 독대할 정도로 신뢰하는 인물.

이자성의 무위는 사실 아는 이가 별로 없었다.

그가 자신의 무위를 외부에 알리는 것을 차단한 탓이다.

때문에 그의 무위를 아는 외부 세력은 황밀교와 은룡문, 그리고 장호의 의선문뿐이었다.

결과적으로 외부에는 장호가 이자성과 몹시도 친밀한 사이로 보일 것이다.

"좋지 않은 일이야. 전쟁이 장기화될지도 모르지."

"아니면 적당히 타협할 수도 있겠죠."

"그게 선인가?"

"국가의 경계를 지운다면 그럴 수 있을 겁니다."

"파격적이로군."

"글쎄요. 제가 별종이긴 하지요."

장호는 이자성을 조금도 어려워하지 않고 어깨를 으쓱였다.

장호의 말대로 장호는 확실히 다른 이들과는 달랐다.

"그러면 어찌하실 겁니까?"

"우선 사신을 보내도록 해야겠지."

"믿을 만한 사람은 있습니까?"

"있네."

"누구죠?"

"자네."

이자성의 말에 장호는 '하?' 하는 얼굴이 되었다.

"제가 믿을 만하다는 것을 별개로 제게 그런 능력이 있을

지 모르겠습니다."

"교섭의 능력이야 자네에게 없을지 모르지. 하지만 다른 능력이 있지 않은가?"

"무엇 말입니까?"

"무력."

이자성의 말에 장호는 잠시 생각에 잠겼다.

"암살을 생각하시는 겁니까?"

암살.

장호로서는 어렵지 않았다.

상대가 현경에 이른 이가 아니라면 어려울 게 뭐가 있겠는가?

황밀교의 사대호법이 누르하치를 직접 보호하고 있을 것 같지도 않으니 생각해 보면 성공 확률이 높았다.

빠져나오는 것?

상대가 현경에 이른 이라고 해도 장호를 막을 수 있는 자는 없다고 보아야 했다.

도망치기로 마음먹으면 장호는 도망칠 수 있었다.

공수를 교환하는 싸움에서야 현경에 이른 이들을 이겨내기 어렵다고 하지만, 도망가는 장호를 막을 수 있는 능력을 가진 이는 없다고 해도 과언이 아니다.

실제로 이자성도 장호가 도망가는 것은 못 막지 않았는가?

강기의 다음 단계.

현경에 들어서야만 쓸 수 있다는 전설상의 강환과 이기어검, 그리고 무형검이라고 할지라도 장호를 죽이려면 여러 번 공격해야만 한다.

그만큼 장호의 선천의선강기에 의해서 진화한 신체는 무서울 정도로 단단했다.

금강불괴를 진즉 뛰어넘었다고 해야 할까?

마혈신외공에 여러 외공을 익히고 그걸 선천의선강기로 강화하였으니 강환도 버틸 정도가 된 것이다.

이제 와서는 강기는 아무런 피해도 끼치지 않으니 장호의 신체가 얼마나 대단한 것인지 알 수가 있다.

화경의 절대고수들이 아무리 많이 덤빈다고 해도 장호를 어쩔 수 없다는 의미였다.

게다가 장호의 근력은 이제 만 근의 무게를 능히 감당한다.

내공을 사용해야 천 근의 무게도 겨우 감당하는 다른 강호인들과는 근력부터 차이가 나는 셈이다.

보통 장검의 무게는 다섯 근에서 세 근 정도이고, 힘이 장사라고 칭해지는 이들은 백 근이나 되는 무기를 쓰기도 한다.

그런 이들과 백 배의 차이가 나니 이미 인간이라고 보기에는 지나치다고 할 만했다.

"그렇다네. 자네라면 할 수 있겠지."

"불가능하지는 않지요. 황밀교의 사대호법만 없다면. 하지만 그건 저 외에도 가능하지 않습니까?"

은룡문 출신의 무인이 다수 이자성의 휘하에 있다.

그들의 강함도 보통은 아니다.

다들 화경에 이른 이들이 분명한데 굳이 장호가 나설 일이 있을까?

게다가 장호가 이자성과 손을 잡았다지만, 그렇게 위험한 일을 할 이유가 없었다.

어차피 이자성과 장호는 거래 관계가 아닌가?

"무사히 탈출하는 것은 자네만이 가능하지."

"그렇습니까?"

"게다가 암살이 실패하고 그냥 탈출해도 상관없네."

"왜입니까?"

"후금의 왕을 경동시킬 테니까. 지금의 저 방어 전략을 거두고 공세로 전환하여 회전이 벌어진다면……."

"승산이 있다 이거군요."

"그렇다네."

장호는 잠시 생각에 잠겼다.

"지금 이 자리에서 결정할 문제는 아니군요. 삼 일 정도

후에 답변을 드리겠습니다."

"좋네."

장호는 읍을 하고서 군막을 나왔다.

*   *   *

"진짜 자살 돌격할 거 아니지?"

"너는 여기 어떻게 왔냐?"

자신의 군막에 돌아온 장호는 안쪽에서 들리는 느닷없는 목소리에 놀라고 말았다.

새치름한 고양이 같은 미녀가 입술을 삐죽이며 그의 간이침대에 앉아 있었기 때문이다.

여이빙, 그녀가 와 있었다.

심장이 두근거렸다.

사실 전생에서도 그녀와는 이미 그렇고 그런 사이였다.

하지만 어찌 된 일인지 현생에서는 그녀와 한 번도 살을 섞은 적이 없다.

왜 그랬을까?

아니, 생각해 보면 현생에서는 여자와 잠자리를 가진 적이 아예 없다가 주화영과 잠자리를 가진 게 처음이다.

뜻하지 않게 동자공을 익힌 셈이다.

선천의선강기에 동자공도 익힐 걸 그랬나? 장호는 속으로 그런 생각을 하며 피식 웃었다.

"웃어? 이게 지금 웃어?"

"아니. 네가 있는 게 신기해서."

그는 주섬주섬 옷가지 몇 개를 벗어 옆의 옷걸이에 걸었다.

아직 완연한 봄이 온 것은 아닌지 군막 안은 쌀쌀했지만 장호에게 이런 추위는 아무런 의미가 없었다.

그건 여이빙도 마찬가지였다.

가벼운 차림이 될 때까지 여이빙은 말을 하지 않고 도끼눈을 뜨고 노려보았다.

"왜 그렇게 노려봐?"

"갈 거냐고, 거기."

"다 들었어?"

"소리 차단도 안 했더만. 나만 들었겠어?"

"글쎄. 이 근방에 너만 한 고수가 없어서."

실제로 그랬다.

현재 이 군대에는 이자성을 제외하고서는 전부가 초절정에서 절정 정도의 무위를 가졌다.

화경에 이른 이들은 다른 지역에서 부대를 지휘 중이었다.

즉 군막의 대화를 들을 정도로 경지가 높은 이가 없다

는 것.

"말 돌리지 말고, 갈 거야?"

"갈까 하고."

"왜?"

"전쟁 좀 빨리 끝내게."

장호의 말에 그녀는 말이 없었다.

장호는 그런 그녀의 옆에 앉았다.

그녀가 장호를 보며 말했다.

"누르하치, 영웅이라고 들었어."

"알아."

"여진족의 희망이니 뭐니 하던데."

"알아."

"그를 죽이고 빠져나올 수 있을 것 같아?"

"가능해."

"진짜?"

"진짜."

"하지만 원한이 너에게 집중될 거야."

여진족 전원이 영웅을 암살한 장호를 기억할 것이다.

그런 의미로 한 이야기다.

하기야 장호는 워낙 유명한 인사니까 당연한 일이다.

장호가 그녀의 말을 받았다.

"의미 있나?"

"없지. 후우, 그래서."

"뭐가?"

"살아 돌아올 자신 있어?"

"나는 있지. 다만 나와 같이 간 이들은 모두 죽을걸."

장호는 담담하게 이야기했다.

그의 말대로 그 자신은 살아서 돌아올 수 있을 것이다.

그러나 다른 이들은 살아서 돌아오기가 어렵다.

한 손이 열 손을 막을 수 없다고 하듯이 장호가 모두를 보호하는 것은 불가능한 일이니까.

즉 누군가는 희생해야 한다.

죽음을 각오하지 않으면 안 되는 일이다.

"후우, 할 거구나?"

"할 거다."

장호는 이미 여러 가지 변수를 생각해 두었다.

누르하치가 죽는다면 전쟁은 끝난다.

그리고 이 중원은 평화로워지겠지.

그렇다면 여진은 어떨까?

여진 사람들을 구원하기 위해서는 어찌해야 하는가?

거기까지 생각하던 장호는 피식 웃고 말았다.

언제 자기가 그런 것까지 신경 썼다고 그러는가?

"그래서 그걸 이야기하려고 온 거야?"

"아니. 다른 이야기."

"뭔데?"

"나, 네 후처가 될래."

"풉!"

장호는 자기도 모르게 침을 내뿜고 말았다.

얘가 지금 뭐라는 거야?

『의원귀환』 10권에 계속…